荔枝依旧年年红

肖复兴 著

北京联合出版公司
Beijing United Publishing Co.,Ltd.

只 为 优 质 阅 读

好
读

Goodreads

目录
Contents

壹

荔枝依旧年年红

荔枝 / 003

清明忆父 / 006

姐姐 / 010

花边饺 / 020

窗前的母亲 / 023

喝得很慢的土豆汤 / 026

年灯 / 033

油条佬的棉袄 / 037

表叔和阿婆 / 041

绉纱馄饨 / 045

贰

那片绿绿的爬山虎

那片绿绿的爬山虎 / 051

少年护城河 / 055

忧郁的孙犁先生 / 060

玻璃糖纸 / 067

白发苍苍 / 072

鲫鱼汤 / 076

花荫凉儿 / 080

赛什腾的月亮 / 084

风中的字 / 088

发小儿就是那把老红木椅子 / 091

叁

费城浪漫曲

花布和苹果 / 099

费城浪漫曲 / 104

樱桃沟 / 108

桂花六笺 / 112

踩影子 / 119

婚礼现场 / 123

美国小城里的巴黎小馆 / 127

肆

白雪红炉烀白薯

白雪红炉烀白薯 / 133

佛手之香 / 138

冬果两食 / 142

万圣节的南瓜 / 148

大白菜赋 / 152

京都鱼鳞瓦 / 160

好味止园葵 / 165

胡杨树 / 169

过年的饺子 / 172

太阳味道的西红柿 / 178

伍

草是怎样一点点绿的

草是怎样一点点绿的 / 183

北京的树 / 186

西湖邂逅 / 193

水的传奇 / 199

小镇之春 / 204

大理看花 / 208

水墨仙境楠溪江 / 212

到扬美古镇有多远 / 216

杜鹃，杜鹃 / 224

陆

人生除以七

人生除以七 / 229

鲜花开在粪土之上 / 233

六百个春天 / 239

地平线,遥远的地平线 / 243

小市莺花时痛饮 / 248

黄昏时分 / 254

落叶的生命 / 258

年轻时应该去远方 / 262

平安报与故人知 / 266

记不住的日子 / 272

壹

荔枝依旧年年红

对于我,灯,就是家;
灯下,就是母亲。
无论你回来有多晚,无论你离家有多远,
只要灯在家里亮着,母亲就在家里等着。

荔枝

我第一次吃荔枝,是二十八岁的时候。那时,我刚从北大荒回到北京,家中只有孤零零的老母。站在荔枝摊前,脚挪不动步。那时,北京很少见到这种南国水果,时令一过,不消几日,再想买就买不到了。想想活到二十八岁,居然没有尝过荔枝的滋味,再想想母亲快七十岁的人了,也从来没有吃过荔枝呢!虽然一斤要好几元,挺贵的,咬咬牙,还是掏出钱买上一斤。那时,我刚在郊区谋上中学老师的职,衣袋里正有当月四十二元半的工资,硬邦邦的,鼓起几分胆气。我想让母亲尝尝鲜,她一定会高兴的。

回到家,还没容我从书包里掏出荔枝,母亲先端出一盘沙果。这是一种比海棠大不了多少的小果子,居然每个都长着疤,有的还烂了皮,只是让母亲一一剜去了疤,洗得干干净净。每个沙果都显得晶光透亮，沾着晶莹的水珠，果皮上红的纹络显得格外清晰。不知老人家洗了几遍才洗成这般模样。我知道这一定是母亲买的处理水果，每斤顶多五分或者一角。居家过日子，老人就这样一辈子过来了。不知怎么搞的，我一时竟不敢掏出荔枝，生怕母亲骂我大手大脚，毕竟这是那一年里我买的最昂贵的东西了。

我拿了一个沙果塞进嘴里，连声说真好吃，又明知故问多少钱一斤，然后不住口说真便宜——其实，母亲知道那是我在安慰她而已，但这样的把戏每次依然让她高兴。趁着她高兴的劲儿，我掏出荔枝："妈！今儿我给您也买了好东西。"母亲一见荔枝，脸立刻沉了下来："你财主了怎么着？这么贵的东西，你……"我打断母亲的话："这么贵的东西，不兴咱们尝尝鲜！"母亲扑哧一声笑了，筋脉突兀的手不停地抚摸着荔枝，然后用小拇指甲盖划破荔枝皮，小心翼翼地剥开皮又不让皮掉下，手心托着荔枝，像是托着一只刚刚啄破蛋壳的小鸡，那样爱怜地望着舍不得吞下，嘴里不住地对我说："你说它是怎么长的？怎么红皮里就长着这么白的肉？"毕竟是第一次吃，毕竟是好吃！母亲竟像孩子一样高兴。

那一晚，正巧有位老师带着几个学生突然到我家做客，望着桌上这两盘水果有些奇怪。也是，一盘沙果伤痕累累，一盘荔枝玲珑剔透，对比过于鲜明。说实话，自尊心与虚荣心齐头并进，我觉得自己仿佛是那盘丑小鸭般的沙果，真恨不得变戏法一样把它一下子变走。母亲端上茶来，笑吟吟顺手把沙果端走，那般不经意，然后回过头对客人说："快尝尝荔枝吧！"说得那般自然、妥帖。

母亲很喜欢吃荔枝，但是她舍不得吃，每次都把大个的荔枝给我吃。以后每年的夏天，不管荔枝多贵，我总要买上一两斤，让母亲尝尝鲜。荔枝成了我家一年一度的保留节目，一直延续到三年前母亲去世。

母亲去世前是夏天，正赶上荔枝刚上市。我买了好多新鲜的荔枝，皮薄核小，鲜红的皮一剥掉，白中泛青的肉蒙着一层细细的水珠，仿佛跑了多远的路，累得张着一张张汗津津的小脸。是啊，它们整整跑了一年的长路，才又和我们阔别重逢。我感到慰藉的是，母亲临终前一天还吃到了水灵灵的荔枝，我一直认为是天命，是母亲善良忠厚一生的报偿。如果荔枝晚几天上市，我迟几天才买，那该是何等的遗憾，会让我产生多少无法弥补的痛楚。

其实，我错了。自从家里添了小孙子，母亲便把原来给儿子的爱分给孙子一部分。我忽略了身旁小馋猫的存在，他再不用熬到二十八岁才能尝到荔枝，他还不懂得什么叫珍贵，什么叫舍不得，只知道想吃便张开嘴巴。母亲去世很久，我才知道母亲临终前一直舍不得吃一颗荔枝，都给了她心爱的太馋嘴的小孙子吃了。

而今，荔枝依旧年年红。

清明忆父

好多童年的事情,过去了那么多年,却依然恍若眼前,连一些细枝末节,都记得特别清楚。记得父亲为我买的第一支笛子,是一角二分钱;第一本《少年文艺》,是一角七分钱;第一把京胡,是两元二角钱……那时候,家里生活不富裕,一家五口全靠父亲微薄的薪水维持,给我买这些东西,父亲是咬着牙掏出这些钱来的。因为那时买一斤棒子面才几分钱,花这么多钱买这些东西,特别是花两块多钱买一把胡琴,显得有些奢侈。

读初二的那一年,我爱上了读书,特别是从同学那里借了一本《千家诗》之后,我对古诗更是着迷。那时候,我家住在前门,离大栅栏不远,大栅栏路北有一家挺大的新华书店,我常常在放学之后到那里看书。多次地翻看,从那书架上琳琅满目的唐诗宋词里,我看中其中四本,最为心仪,总是爱不释手,拿起来,又放下,恋恋不舍。一本是复旦大学中文系编选的《李白诗选》,一本是冯至编选的《杜甫诗选》,一本是游国恩编选的《陆游诗选》,一本是胡云翼编选的《宋词选》。

每一次翻完这四本书后,我总是忍不住看看书后面的定价,《李白诗选》定价是一元五分,《杜甫诗选》定价是七角五分,《陆游诗选》定价是八角,《宋词选》定价是一元三角。四本书加起来,总共要小五元呢。那时候的五元,正好是我在学校里一个月午饭的饭费。每一次看完书后面的定价,心里都隐隐地叹口气,这么多钱,和父亲要,父亲是不会答应的。所以每次翻完书,我都对自己说,算了,不买了,到学校借吧。可是每次到新华书店,我总忍不住要踮着脚尖,把这四本书从架上拿下来,总忍不住翻完书后还要看看后面的定价,似乎希望这一次看到的定价会比上一次看到的要便宜了似的。

那时候,姐姐为了帮助父亲分担家里的负担,不到十八岁就去了包头,到正在新建的京包铁路线上工作。她从工资里拿出大部分,每月给家里寄三十元钱。那一天放学之后,母亲刚刚从邮局里取回姐姐寄来的三十元钱,我清清楚楚地看见母亲把那六张五元的票子,放进了我家放"金银细软"的小箱子里。母亲出去之后,我立刻打开小箱子,从那六张票子里抽出一张,揣进衣兜,飞似的跑出家门,跑到大栅栏,跑进新华书店,不由分说地,几乎是比售货员还要业务熟练地从书架上抽出那四本书，交到柜台上，然后从衣兜里掏出那张五元的票子，骄傲地买下了那四本书。终于，李白、杜甫和陆游，还有宋代那么多有名的词人，都属于我了，可以天天陪伴我一起吟风弄月、说山论河了。

回到家，我放下那四本书，非常高兴，就跑出去到胡同里和小伙伴们玩了。黄昏的时候，看见刚下班的父亲一脸铁青地向我走来，把我领回了家，回到家，把我摁在床板上，用鞋底子打了我屁股一顿。我没有反抗，没有哭，什么话也没有说，因为我一眼看到了床头上放着那四本书，知道父亲一定知道了小箱子里少了一张五元的票子是干什么去了。

我知道是我错了，我不该私自拿钱去买书，五元对于一个贫寒的家来说是笔不小的数目。

挨完打后，我没有吃饭，拿着那四本书，跑回大栅栏的新华书店，好说歹说，求人家退了书。我把拿回来的钱放在父亲的面前，父亲抬头看了我一眼，什么话也没有说。

第二天晚上，父亲回来晚了，天完全黑了下来。母亲已经把饭菜盛好，放在桌子上，我们一家正等他吃饭。父亲坐在饭桌前，没有端饭碗，而是从他的破提包里拿出了几本书，我一眼就看见，就是那四本书，《李白诗选》《杜甫诗选》《陆游诗选》和《宋词选》。父亲对我说："爱看书是好事，我不是不让你买书，是不让你私自拿家里的钱。"

将近五十年的光阴过去了，我还记得父亲讲过的这句话以及他讲这句话时的样子。那四本书，跟随我从北京到北大荒，又从北大荒到北京，几经颠簸，几经搬家，一直都还在我的身旁。大栅栏的那家新华书店，奇迹般地还在那里。一切都好像还和童年时一样，只是父亲已经去世三十八年了。

姐姐

这个世界上最先让我感受到至为圣洁宽厚的爱，而值得好好活下去的，一个是母亲，一个是姐姐。

一

年轻时，姐姐很漂亮，只是脾气不好，这一点随娘。在我和弟弟落生的时候，娘都把姐姐赶出家门远远地到城外去，说她命硬，会冲了我们降生的喜气。我和弟弟都是姐姐抱大的，只要我们一哭，娘常常不问青红皂白地先把姐姐骂上一顿，或者打上几下。可以说，为了我和弟弟，姐姐没少受气，脾气渐渐变得暴躁而格外拧。

可是，姐姐从来没对我和弟弟发过一次脾气。即使现在我们已经长大成人，在她眼里依然还像依偎在她怀中的小孩。

姐姐的脾气使得她主意格外大，什么事都敢自己做主。娘去世的那一年，她偷偷报名去了内蒙古。那时，正修京包铁路线，需要人。那时，家里生活愈发拮据，娘去世后一大笔亏空，父亲瘦削的肩已力不可支。临行前，姐姐特地在大栅栏为我和弟弟买了双白力士鞋，算是再为娘戴一次孝，带我们到劝业场照了张照片。带着这张照片，姐姐走了，独自一人走向风沙弥漫的内蒙古，虽未有昭君出塞那样重大的责任，但一样心事重重地为了我们而离开了北京。我和弟弟过早尝到了离别的滋味，它使我们因过早品尝人生的苍凉而早熟。从此，火车站灯光凄迷的月台，便和我们命运相交，无法分割。

那一年，姐姐十七岁。

第二年，姐姐结婚了。她再一次的自作主张让父亲很是惊奇却又无奈。春节前夕，她和姐夫从内蒙古回到北京，然后回姐夫的家乡任丘。姐夫就是从那里怀揣着一本孙犁的《白洋淀纪事》参加革命的，人脾气很好，正好和姐姐形成了鲜明的对比。

以后，我和弟弟便盼姐姐回来。因为每次姐姐回来，都会给我们带回许多好吃的、好玩的。我们还是不懂事的小馋猫呀！记得三年困难时期，姐姐到武汉出差，想买些香蕉带给我们，跑遍武汉三镇，只买回两挂芭蕉。那是我第一次吃芭蕉，短短的，粗粗的，口感虽没有香蕉细腻，却让我难忘。望着我和弟弟贪婪地吃着芭蕉的样子，姐姐悄悄落泪。那时，我不明白姐姐为什么要落泪。

那一次，姐姐和姐夫一起来北京，看见我和弟弟如狼似虎贪吃的样子，没说什么。正是我们长身体的时候，肚子却空空的像无底洞，家里粮食总是不够吃……父亲念叨着。姐姐掏出一些全国粮票给父亲，第二天一清早便和姐夫早早去前门大街全聚德烤鸭店排队。那时，排队的人多得不亚于现在办出国签证。我不知道姐姐、姐夫排了多长时间的队，当我和弟弟放学回家时，见到桌上已经摆放着烤鸭和薄饼。那是我们第一次吃烤鸭，以为该是世界上最好吃的东西了。望着我们一嘴油一手油可笑的样子，姐姐苦涩地笑了。

盼望姐姐回家，成了我和弟弟重要的生活内容。于是，我们尝到了思念的滋味。思念有时是苦涩的，却让我们的情感丰富而成熟起来。

姐姐生了孩子以后，回家探亲的日子越来越少。她便常寄些钱来，父亲拿这些钱照样可以买各种各样的东西给我们，我却感到越发思念姐姐了。我们盼望姐姐归来已经不仅仅因为馋嘴，一股浓浓依恋的情感已经长成枝繁叶茂的大树，即使无风依然要婆娑摇曳。

终于，又盼到姐姐回来了，领着她的女儿。好日子太不禁过，像块糖越化越小，即使再精心地含着。既然已经是渴望中的重逢，命中必有一别。姐姐说什么也不要我和弟弟送，因为姐姐来的第二天，正是少先队宣传活动，我逃了活动挨了大队辅导员的批评。那一天中午，姐姐带我们到家附近的鲜鱼口联友照相馆。照相前，她没带眉笔，划着几根火柴，用火柴上燃烧后的可怜的一点点如笔尖上点金一样的炭，分别在我和弟弟眉毛上描了描，想把我们打扮得漂亮些。照完相回到家整理好行装，我和弟弟送姐姐她们娘俩到大院门口，姐姐不让送了，执意自己上火车站，走了几步，回头看我们还站在那里，便招招手说："快回去上学吧！"我和弟弟谁也没动，谁也没说话，就那样呆呆站着，望着姐姐的身影消失在胡同尽头。当我们看到姐姐真的走了，一去不返，才感到那样悲恸，依依难舍又无可奈何。我和弟弟悄悄回到大院，一时不敢回家，一人伏在一棵丁香树旁默默地擦眼泪。

我们不知在那里站了多久，一直到一种梦一样的声音突然在耳边响起，抬头一看，竟不敢相信：姐姐领着女儿再次出现在我们的面前，仿佛她早已料到会有这样的场面一样。她摸摸我们的头说："我今儿不走了！你们快上学吧！"我们破涕为笑。那一天过得格外长！我真希望它能够永远"定格"！

二

在一次次分离与重逢中，我和弟弟长大了。1967年年底，弟弟不满十七岁，像姐姐当年赴内蒙古一样自作主张地报名去青海支援"三线"建设，一腔天涯何处无芳草的慷慨豪壮。姐姐以为他去西宁一定要走京包线的，就在呼和浩特铁路站一连等了他三天。姐姐等不及了，一脚踏上火车直奔北京，弟弟却已走郑州直插陇海线，远走高飞了。姐姐不胜悲恸，把原本带给弟弟的棉衣给了我，又带我跑到前门买了顶皮帽，仿佛她已经有了我也要走的先见之明一样。我只是把她本来送弟弟的那一份挚爱与牵挂统统收下了。执手相对，无语凝噎，我才知道弟弟这次没有告别的分手，对姐姐的刺激是多么大。天涯羁旅，茫茫戈壁，会时时跳跃着姐姐一颗不安的心。

就在姐姐临走那天夜里，我隐隐听到一阵微微的哭泣声，禁不住惊醒一看，姐姐正伏在床上，为我赶缝一件棉坎肩。那是用她的一件外衣做面、衬衣做里的坎肩。泪花眯住她的眼，她不时要用手背擦擦，不时拆下缝歪的针脚重新抖起沾满棉絮的针线……

我不敢惊动她，藏在棉被里不敢动窝，眯着眼悄悄看她缝针、掉泪。一直到她缝完，轻轻地将棉坎肩放在我的枕边，转身要去的时候，我怎么也忍不住了，一把伸出手，紧紧抓住她的胳膊。我本以为我一定控制不住，会大哭起来，可我竟一声没哭，只是一句话也说不出来，喉咙和胸腔里像有一股火在冲、在拱、在涌动……

我就是穿着姐姐亲手缝制的棉坎肩，带着她的棉衣、皮帽以及绵绵无尽的情意和牵挂，踏上北上的列车到北大荒的。那是弟弟走后不到一年的事。从此，我们姐仨一个东北、一个西北、一个内蒙古，离得那么远那么远，仿佛都到了天尽头。我知道以往月台凄迷灯光下含泪的别离，即使是痛苦的，也难再有了，而只会在我们各自迷蒙的梦中。

我和弟弟两个男子汉把业已年老的父亲孤零零甩在北京。就在我离开家不久，父亲被人赶至两间破旧、矮小的房子里，原因是我家走了我和弟弟两个大活人，用不着那么大的空间，外加父亲曾经参加过国民党。老实又胆小的父亲便把家乖乖迁徙到这两间小黑屋中。最可气的是窗户跟前还有一个自来水龙头，全院人喝水洗涮全仰仗它，每天从早到晚的吵闹声使人无法休息，而且水洇得全屋地下潮漉漉的，爬满潮虫。

就在这一年元旦前夕，姐姐、姐夫来到北京开会。他们本可以住到招待所，看到家颓败到这种模样，老人孤零零如风中残烛，便没有住在别处，而在这潮漉漉、黑漆漆的小屋过夜，陪伴、安慰着父亲孤寂的心。这就是我和弟弟甩给姐姐的家。

姐姐、姐夫走的那一天清早，买了许多元宵，煮熟吃时，姐姐、姐夫和父亲却谁也吃不下。元宵本该团圆之际吃，而我和弟弟却远走天涯。她回内蒙古后不时给父亲寄些钱来，其实那本该是我和弟弟的责任。姐姐也常给我和弟弟分别寄些衣物、食品，她把她的以及远逝的那一份母爱一并密密缝进包裹之中。她只要我常常给她写信、寄照片。

当我有一次颇为自得地写信告诉她我能扛起九十公斤重的

大豆踩着颤悠悠三级跳板入囤时，姐姐吓坏了，写信告诉我她一夜未睡，叮嘱我一定小心，千万别跌下来，让姐一辈子难得安宁。

又一次她看见我寄去的照片，穿着临走时她给我的那件已经破得不成样子的棉衣，补着我那针脚粗粗拉拉实在难看的补丁，又腰扎一根草绳时，她哭了，哭得那样伤心，以致姐夫不知该怎么劝才好……

三

当我像只飞得疲倦的鸟又飞回北京，北京没有如当年扯旗放炮欢送我一样欢迎我。可怜巴巴的我像条乞讨的狗一样，连一份工作都没有，只好待业在家，才知道无论什么时候只有家才是憩息地。

从我回北京那一月起，姐姐每月寄来三十元钱，一直寄到我考入大学。似乎我理所应当从她那里领取这份"工资"。她已经有三个孩子，一大家子人。而那年我已经二十七岁！每月邮递员呼喊我的名字，递给我这份寄款单时，我的手心都会发热发颤。仿佛长得这么大了，我还是个嗷嗷待哺的孩子。三十元可以派些大的用场，脆薄的自尊与虚荣，常在这几张票子面前无地自容，又无法弥补。幸亏待业时间不长，一年多后，我找到了工作，在郊区一所中学教书。我把消息写信告诉姐姐，要她不要再寄钱给我，我已经有了每月四十二元五角的工资。谁知，姐姐不仅依然按月寄来三十元钱，而且寄来一辆自行车，告诉我："车是你姐夫的，你到郊区上班远，骑车方便些，也可以省点儿汽车钱……"

我从火车货运站取出自行车，心一阵阵发紧。这辆银色的自行车跟随姐夫十几年。我感到车上有姐姐和姐夫的殷殷心意，觉得太对不起他们，不知要长到多大才不要他们再操心！

我盼望着姐姐能再来北京，机会却如北方的春雨般难得了。只是有一次姐姐突然来到北京，让我喜出望外。那是单位组织她到北戴河疗养。她在铁路局房建段当管理员，平凡的工作，却坚持天天不迟到、不请假、坚守岗位，因此年年评什么先进工作者都要评上她。这次到北戴河便是对她的奖励，第一次，也是最后一次。十几年没见面了，姐姐明显老了许多，更让我惊奇的是大热的天，她还穿着棉毛裤。我问她怎么啦，她说早得了风湿性关节炎。其实，我们小时候，她的腿就已经坏了，那时候我没注意罢了。我们长大了，姐姐老了，花白的头发飘飞在两鬓。她把她的青春献给了内蒙古，也融入了我和弟弟的血肉之躯！

我和弟弟都十分想念姐姐。想想，以往都是她千里奔波来看我们，这次，我大学毕业，弟弟考取研究生，利用暑假，我们各自带着孩子专程去看望一下姐姐！这突然的举动，好让姐姐高兴一下！是的，姐姐、姐夫异常高兴，看见了我们，又看见了和我们当年一般大的两个孩子，生命的延续让人感到生命的力量。临离开北京前，我特意买了两挂厄瓜多尔进口大香蕉，那曾是小时候姐姐和我们最爱吃的。我想让姐姐吃个够！谁知，姐姐看着这样橙黄、硕大的香蕉，不舍得吃，非让我们吃。我和弟弟不吃，她又让两个孩子吃。两个孩子真懂事，也不吃。直至香蕉一个个变软、变黑，最后快要烂了，还是没人吃。没人吃，也让人高兴！姐姐只好先掰开一只香蕉送进嘴里："好！我先吃！都快吃吧，要不浪费了多可惜！"我从来没有吃过这样美味的香蕉！我想起小时候姐姐从武汉买回的那挂芭蕉。人生的滋味真正品味到了，是我们以全部青春作为代价。

昭君墓就在呼和浩特近郊，姐姐在这里生活了这么长时间，却从来没有去过一次。我们撺掇姐姐去玩一次。她说："我老了，腿也不行，你们去吧！"一想到她的老关节炎腿，也就不再劝，我们去的兴头也不大，便带着孩子到城里附近的人民公园去玩。不想那天玩到快出公园大门，天空突然浓云四布，雷雨大作。塞外的豪雨莽撞如牛，铺天盖地而来，那阵势惊人，不知何时才能停下来。我们只好躲在走廊里避雨，待雨稍稍小下来，望望天依然沉沉的，索性不再等雨过天晴，领着孩子向公园门口跑去。刚跑到门口，就听前面传来呼唤我和弟弟的声音。真没有想到，是姐姐穿着雨衣，推着车，站在路旁招呼着我们，后车座上夹满雨具，不知她在这里等了多久！雨珠一串串从打湿的头发梢上滚下来，雨衣挡不住雨水的冲击，姐姐的衣服已经湿漉漉一片，裤子已经完全湿透，紧紧包裹在腿上……

姐姐！无论风中、雨中，无论今天、明天，无论离你多近、多远，我会永远这样呼唤你，姐姐！

1992年3月9日于北京

花边饺

小时候,包饺子是我家的一桩大事。那时候,家里生活拮据,吃饺子当然只能等到年节。平常的日子,破天荒地包上一顿饺子,自然就成了全家人的节日。这时候,妈妈威风凛凛,最为得意,一手和面,一手调馅,馅调得又香又绵,面和得软硬适度,最后盆手两净,不沾一星面粉。然后妈妈指挥爸爸、弟弟和我,看火的看火、擀皮的擀皮、送皮的送皮,颇似沙场点兵。

一般,妈妈总要包两种馅的饺子,一种肉一种素。这时候,圆圆的盖帘上分两头码上不同馅的饺子,像是两军对弈,隔着楚河汉界。我和弟弟常捣乱,把饺子弄混,但妈妈不生气,用手指捅捅我和弟弟的脑瓜儿说:"来,妈教你们包花边饺!"我和弟弟好奇地看妈妈将包了的饺子沿儿用手轻轻一捏，捏出一圈穗状的花边，煞是好看，像小姑娘头上戴了一圈花环。我们却不知道妈妈耍了一个小小的花招，她把肉馅的饺子都捏上花边，让我和弟弟连吃带玩地吞进肚里，自己和爸爸却吃那些素馅的饺子。

那段艰苦的岁月，妈妈的花边饺，给了我们难忘的记忆。但是这些记忆，都是长到自己做了父亲的时候，才开始清晰起来，仿佛它一直沉睡着，必须让我们用经历的代价才可以把它唤醒。

自从我能写几本书以后，家里的经济状况好转，饺子不再是什么圣餐。想起那些个辛酸和我不懂事的日子，想起妈妈自父亲去世后独自一人艰难度日的情景，我想起码不能再让妈妈在吃的上面受委屈了。我曾拉妈妈到外面的餐馆开开洋荤，她连连摇头："妈老了，腿脚不利索，懒得下楼啦！"我曾在菜市场买来新鲜的鱼肉或时令蔬菜，回到家里自己做，妈妈并不那么爱吃，只是尝几口便放下筷子。我便笑妈妈："您呀，真是享不了福！"

后来，我明白了，尽管世上的食品名目繁多，人的胃口花样翻新，妈妈雷打不动只爱吃饺子。那是她老人家几十年一贯历久常新的最佳食谱。我知道唯一的方法是常包饺子。每逢我买回肉馅，妈妈看出要包饺子了，立刻麻利地系上围裙，先去和面，再去调馅，绝对不让别人插手。那精神气儿，又回到我们小时候。

那一年大年初二,全家又包饺子。我要给妈妈一个意外的惊喜,因为这一天是她老人家的生日。我包了一个带糖馅的饺子,放进盖帘上一圈圈饺子之中,然后对妈妈说:"今儿您要吃着这个带糖馅的饺子,您一准儿是大吉大利!"

妈妈连连摇头笑着说:"这么一大堆饺子,我哪儿那么巧能有福气吃到?"说着,她亲自把饺子下进锅里。饺子如一尾尾小银鱼在翻滚的水花中上下翻腾,充满生趣。望着妈妈昏花的老眼,我看出来她是想吃到那个糖饺子呢!

热腾腾的饺子盛上盘,端上桌,我往妈妈的碟中先拨上三个饺子。第二个饺子妈妈就咬着了糖馅,惊喜地叫了起来:"哟!我真的吃到了!"我说:"要不怎么说您有福气呢!"妈妈的眼睛笑得眯成了一条缝。

其实,妈妈的眼睛实在是太昏花了。她不知道我耍了一个小小的花招,用糖馅包了一个有记号的花边饺。

那曾是她老人家教我包过的花边饺。

1995年10月1日于北京

窗前的母亲

在家里,母亲最爱待的地方就是窗前。

自从搬进楼房,母亲很少下楼。我们都嘱咐她,她自己也格外注意,她知道楼层高楼梯又陡,自己老了,腿脚不利落,磕着碰着,给孩子添麻烦。每天,我们在家的时候,她和我们一起忙乎着做饭等家务,脚不识闲儿。我们一上班,孩子一上学,家里只剩下她一个人,没什么事情可干,大部分的时间里,她就是待在窗前。

那时,母亲的房间,一张床紧靠着窗子,那扇朝南的窗子很大,几乎占了一面墙,母亲坐在床上,靠着被子,窗前的一切就一览无余。阳光总是那样的灿烂,透过窗子,照得母亲全身暖洋洋的,母亲就像一株向日葵似的特别爱追着太阳烤着,让身子有一种暖烘烘的感觉。有时候,不知不觉地就倚在被子上睡着了。一个盹打过来，睁开眼睛，她会接着望着窗外。

窗外有一条还没有完全修好的马路，马路的对面是一片工地，恐龙似的脚手架，簇拥着正在盖起的楼房，切割着那时湛蓝的天空，遮挡住了再远的景色。由于马路没有完全修好，来往的车辆不多，人也很少，窗前大部分时间是安静的，只有太阳在悄悄地移动着，从窗子的这边移到了另一边，然后移到了窗后面，留给母亲一片阴凉。

我们回家时，只要走到了楼前，抬头望一下家里的那扇窗子，就能够看见母亲的身影。窗子开着的时候，母亲花白的头发会迎风摆动，窗框就像一个恰到好处的画框。等我们爬上楼梯，不等掏出门钥匙，门已经开了，母亲站在门口。不用说，就在我们在楼下看见母亲的时候，母亲也望见了我们。那时候，我们出门永远不怕忘记带房门的钥匙，有母亲在窗前守候着，门后面总会有一张温暖的脸庞。即使是晚上很晚我们回家，楼下已经是一片黑乎乎的了，在窗前的母亲也能看见我们。其实，她早老眼昏花，不过是凭感觉而已，不过，那感觉从来都十拿九稳，她总是那样及时地出现在家门的后面，替我们早早地打开了门。

母亲最大的乐趣，是对我们讲她这一天在窗前看见的新闻。她会告诉我们今天马路上开过来的汽车比往常多了几辆，今天对面的路边卸下好多的沙子，今天咱们这边的马路边栽了小树苗，今天她的小孙子放学和同学一前一后追赶着，跟风似的呼呼地跑，今天还有几只麻雀落在咱家的窗台上……都是些平淡无奇的小事，但她有枣一棍子没枣一棒子地讲起来会津津有味。

母亲不爱看电视，总说她看不懂那玩意儿，但她看得懂窗前这一切，这一切都像是放电影似的，演着重复的和不重复的琐琐碎碎的故事，沟通着她和外面的世界，也沟通着她和我们的联系。有时候，望着窗前的一切，她会生出一些东一榔头西一棒子的联想，大多是些陈年往事，不是过去住平房时的陈芝麻烂谷子，就是沉淀在农村老家时她年轻的回忆。听母亲讲述这些八竿子都打不到一起的事情的时候，让我感到岁月的流逝，人生的沧桑，就是这样在她的眼睛里和窗前闪现着。有时候，我偶尔会想，要是把母亲这些都写下来，才是真正的意识流。

母亲在这个新楼里一共住了五年。母亲去世以后，好长一段时间，我出门总是忘记带钥匙。而每一次回家走到楼下的时候，总是习惯性地望望楼上家的窗户，空荡荡的窗前，像是没有了画幅的一个镜框，像是没有了牙齿的一张瘪嘴。这时，才明白那五年时光里窗前曾经闪现的母亲的身影，对我们是多么的珍贵而温馨；才明白窗前有母亲的回忆，也有我们的回忆；也才明白窗前该落有并留下了多少母亲企盼的目光。

当然，就更明白了：只要母亲在，家里的窗前就会有母亲的身影。那是每个家庭里无声却动人的一幅画。

喝得很慢的土豆汤

那天下午两点多,我和妻子路过北大,因为还没有吃午饭,忽然想起儿子曾经特意带我们去过的一家朝鲜小馆,就在附近,离北大的西门不远,一拐弯儿就到,便进了这家朝鲜小馆。

大概由于早过了饭点儿,小馆里没有一个客人,空荡荡的,只有风扇寂寞地、呼呼地吹着。一个服务员,是个胖乎乎的小姑娘,走了过来,把我们领到靠窗的风扇前的座位,说这里凉快,然后递过菜谱问我们吃点儿什么。我想起上次儿子带我们来,点了一个土豆汤,非常好吃,很浓的汤,却很润滑细腻,微辣中有一种特殊的清香味儿,湿润的艾草似的撩人胃口。不过已经过去了两个多月的时间,我忘记是用鸡块炖的了,还是用牛肉炖的,便对妻子嘀咕:"你还记得吗?"

妻子也忘记了。儿子在北大读书的时候，常常和同学到这家小馆里吃饭。由于是二十四小时营业，价格和朝鲜风味又都特别对他们的口味，非常受他们的欢迎，对这里的菜当然比我们要熟悉。大学毕业，儿子去美国读研，放假回来，和同学聚会，总还要跑到这里，点他们最爱吃的菜。可惜，儿子假期已满，又回美国接着读书去了，天远地远，没法子问他了。

没有想到，小姑娘这时对我们说道："上次你们是不是和你们的儿子一起来的，就坐在里面那个位子？"她说着一口比赵本山还浓郁的东北话，用胖乎乎的小手指了指里面靠墙的位子。

我和妻子都惊住了。她居然记得这样清楚，那时，我们和儿子确实就坐在那里。

我更没有想到的是，她接着用一种很肯定的口气对我们说："那次你们要的是鸡块炖土豆汤。"

这样的肯定，让我心里相信了她，不过，开玩笑地对她说："你就这么肯定？"

她笑了："没错，你们要的就是鸡块炖土豆汤。"

我也笑了："那就要鸡块炖土豆汤。"

她望望我和妻子，像考试成绩不错得到了赞扬似的，高声向后厨报着菜名："鸡块炖土豆汤！"然后高兴地风摆柳枝般走去。

刚才和小姑娘的对话，让我和妻子在那一瞬间都想起了儿子。思念，一下子变得那么近，近得可触可摸，就在只隔几排座位的那个位子上，走过去，一伸手，就能够抓到。两个多月前，儿子要离开我们回美国读书的时候，特意带我们到这家小馆，让我们尝尝他和他的同学的青春滋味。那一次，他特别向我们推荐了这个鸡块炖土豆汤，他说他和同学都特别爱喝，每次来都点这个土豆汤，让我们一定要尝尝。因为儿子临行前的时间安排得很满，我和妻子知道，那一次，也是他和我们的告别宴。所以那一次的土豆汤，我们喝得格外慢，边聊边喝，临行密密缝一般，彼此嘱咐着，诉说着没完没了的话，一直从中午喝到了黄昏，一锅汤让服务员续了几次，又热了几次。许多的味道，浓浓的，都搅拌在那土豆汤里了。

不过，事情已经过去了两个多月，我都忘记了到底喝的什么土豆汤了，这个胖乎乎的小姑娘居然还能够如此清楚地记得我们喝的是鸡块炖土豆汤，而且记得我们坐的具体位置，真让我有些奇怪。小馆二十四小时营业，一直热闹非常，来来往往那么多的客人，点的那么多不同品种的菜和汤，她怎么就能够一下子记住了我们，而且准确无误地判断出那就是我们的儿子，同时记住了我们要的是什么样的土豆汤？这确实让我好奇，百思不解。

汤上来了，鸡块炖土豆汤，浓浓的，热气缭绕，清香味扑鼻，抿了一小口，两个多月前的味道和情景立刻又回到了眼前，熟悉而亲切，仿佛儿子就坐在面前。

"是吧，是这个土豆汤吧？"小姑娘望着我，笑着问我。

"是，就是这个汤。"

然后，我问小姑娘："你怎么记得我们当初要的是这个汤？"

她笑笑望望我和妻子，没有说话，转身走去。

那一天下午的土豆汤，我们喝得很慢。

结完账，临走的时候，小姑娘早早地等候在门口，为我们撩起珠子串起的门帘，向我们道了声"再见"。我心里的谜团没有解开，刚才一边喝着汤一边还在琢磨，小姑娘怎么就能那么清楚地记得我们和儿子那次到这里来吃饭坐的位置和要的土豆汤？总觉得一定是有原因的。那么，是什么原因呢？是因为那一次我们的土豆汤喝得太慢，麻烦让她来回热了好几次的缘故，让她记住了？还是因为来这家小馆的大多是附近年轻的大学生，一下子出现我们这样大年纪的客人，显得格外扎眼？我不大甘心，出门前再一次问她："小姑娘，你是怎么就能记住我们要的是鸡块炖土豆汤的呢？"

她还是那样抿着嘴微微地笑着，没有回答。

我只好夸奖她："你真是好记性！"

一路上，我和妻子都一直嘀咕着这个小姑娘和对我们来说有些奇怪的土豆汤。星期天，和儿子通电话时，我对他讲起了这件事,他也非常好奇,一个劲儿直问我:"这太有意思了,你没问问她到底是怎么回事吗?"我告诉他:"我问了,小姑娘光是笑,不回答我为什么呀。"

被人记住,总是一件让人高兴的事,不过,对于我们一家三口,这确实是一个谜。也许,人生本来就有许多解不开的谜,让生活充满着迷离的想象,让人和人之间有着神奇的交流,让庸常的日子有了温馨的念想和悬念。

又过去了好几个月,树叶都渐渐地黄了,天都渐渐地冷了。那天下午,还是两点多钟,我去中关村办事,那家小馆,那个小姑娘,和那锅鸡块炖土豆汤,立刻又从沉睡中苏醒过来似的,闯进我的心头。离着不远,干吗不去那里再喝一喝鸡块炖土豆汤?便一拐弯儿,又进了那家小馆。

因为不是饭点儿,小馆里依然很清静,不过,里面已经有了客人,一男一女正面对面坐着吃饭,蒸腾的热气弥漫在他们的头顶。见我进门,一个小伙子迎上前来,让我坐下,递给我菜谱。我正奇怪,服务员怎么换成男的,那个小姑娘哪里去了?扭头看见了那一对面对面坐在那里吃饭的人中的那个女的,就是那个胖乎乎的小姑娘,对面坐着的是一个年龄大约四五十岁的男人,看那模样长得和小姑娘很像,不用说,一定是她的父亲。她也看见了我,向我笑笑,算是打了招呼。

我要的还是鸡块炖土豆汤。因为炖汤要有一些时间,我走过去和小姑娘聊天,看见他们父女俩要的也是鸡块炖土豆汤。

我笑了,她也笑了,那笑中含有的意思,只有我们两人明白,她的父亲看着有些蹊跷。

我问:"这位是你父亲?"

她点点头,有些兴奋地说:"刚刚从我老家来。我都和我爸爸好几年没有见了。"

"想你爸爸了!"

她笑了,她的父亲也很憨厚地笑着,望望我,又望望女儿。

难得的父女相见,我能想象得出,一定是女儿跑到北京打工好几年了,终于有了父女见面的机会,是难得的。我不想打搅他们,走回自己的座位,要了一瓶啤酒,静静地等我的土豆汤。我的心里充满着感动,我忽然明白了,这个小姑娘当初为什么一下子就记住了我们和儿子,记住了我们要的土豆汤。人同此情,情同此理,没有比亲人之间分别的思念和相逢的欢欣,更能够让人感动和难忘的了。亲情,在那一刻流淌着,洇湿了所有的时间和空间的距离。

土豆汤上来了,抬头一看,我没有想到,是小姑娘为我端上来的。我还没有责怪她怎么不陪父亲,她已经看出了我的意思,先对我说:"我们店里的人手少,老板让我和我爸爸一起吃饭,已经是很不错了。"和上次她像个扎嘴的葫芦大不一样,小姑娘的话明显地多了起来。说罢,她转身走去,走到她父亲的旁边,从袅娜的背影,也能看出她的快乐。

那一个下午,我的土豆汤喝得很慢。我看见,小姑娘和她的爸爸那一锅土豆汤喝得也很慢。

2004年9月15日于北京雨中

年灯

去年的大年夜，我家后面老爷子家的那盏年灯，在他家封闭阳台的落地窗前，照往年一样，又亮了起来。

老爷子是位老北京，讲究老理儿。过年的时候，家里如有亲人还没有赶回来，要点亮这样一盏年灯，等候亲人的归来。什么时候亲人回来了，这盏年灯才可以熄灭。如果亲人一直都没有回家过年，这盏年灯每晚都要点亮，一直要等到正月十五，也就是年完全过后，才可以将灯取下。

老爷子家这盏年灯，好几年过年的时候，都在点亮。从我家的后窗一眼就能望见，正对面老爷子家阳台窗前的这盏年灯，就这样一直亮到正月十五满街花灯绽放的时候。如今，满北京城，如老爷子这样坚持守候过年老理儿的人，不多见了。

每年过年期间，望着老爷子家这盏年灯，我都会想起自己年轻的时候,那时候母亲还在世,不管晚上我回家多晚,她老人家都会让家里的灯亮着。每次骑着自行车回家,四周房屋里的灯光都没有了,一片漆黑,老远,老远,一望见家里那盏橘黄色的灯光闪亮着,跳跃着,像跳跃着一颗小小的心脏,我的心里便会充满温暖,知道母亲还没有睡,还在等着我。母亲去世之后,我晚上回家,再也看不见那盏橘黄色的灯光了,好长一段时间都不适应,心里都会有些伤感。对于我,灯,就是家;灯下,就是母亲。无论你回来有多晚,无论你离家有多远,只要灯在家里亮着,母亲就在家里等着。

因为老爷子和我的儿子都在美国,一样读完博士,在美国成家、生子、工作,我们有很多共同的话题,比较熟,也比较说得来。我知道,前些年老爷子和老伴还常常去美国,看他的儿子,帮忙带带孙子。如今,孙子都上中学了,老爷子真的老了。他不止一次对我说:快八十了,十几个小时的飞机坐不了喽,前列腺不争气,总得上厕所。于是便盼望儿子能够带着媳妇和孙子回来过一回春节。盼了好几年,不是儿子和儿媳妇工作忙,就是孙子春节期间正上学请不了假,都没有能够回来。每年春节,老爷子家阳台的窗前,都亮起了年灯。

去年老爷子家的这盏年灯,变了花样。以往,都只是一盏普通的吊灯,半圆形乳白色的灯罩,垂挂着一只暖色的节能灯。有时候,为了增添一些过年的气氛,老爷子会在灯罩上蒙上一层红纸或红纱。去年,换成了一盏长方形的八角宫灯,下面垂着金黄色的穗子，木制，纱面，上面绘着彩画，因为距离有点儿远，看不清画的是什么，但五颜六色的，显得很漂亮，过年的色彩，一下子浓了。不知道老爷子是从哪儿淘换了这么一个玩意儿。

老爷子家的这盏年灯，就这样又像往年一样，在大年夜里亮了一宿。烟花腾空，缤纷辉映在他家窗前的时候，暂时遮挡了年灯，但当烟花落下之后，年灯又明亮地亮了起来。让我觉得特别像是大海里的浪涛，一浪一浪翻滚过后，只有它像礁石一样立在那里不动。那岿然不动的样子，那执着旺盛的心气，颇有点儿像老爷子。

大年初一过去了，大年初二也过去了……老爷子的年灯，就这么一直亮着。在整个小区里，不知道还有没有什么人，会注意到有这样一盏年灯；在偌大的北京城，不知道还有没有什么人，能守着这么一份过年的老理儿，点亮这样一盏守候着亲人回家过年的年灯。

一天半夜里，我起夜，在厕所的后窗前瞥见那盏年灯，无月无星只有重重雾霾的夜色里，它比一颗星星还亮，亮得如同一个旷世久远的童话。心里不禁有些感慨，既为老爷子，也为老爷子的儿子，同时，也为自己。

大年初五的早晨，我起床后，从后窗望去，忽然发现，老爷子家阳台落地窗前的那盏年灯，没有了。这一天的天气难得格外的晴朗，太阳斜照在他家阳台的落地窗上，明晃晃地反光,直刺我眼睛,我以为眼花了,没有看清。定睛再细看,年灯真的没有了。

正有些奇怪,看见一个男人领着一个十几岁的男孩子,走进阳台,他们都穿着一身运动衣,两人做起了体操来。不用说,老爷子的儿子和孙子回家了。虽然没有赶上年夜饭,毕竟赶上了今天晚上破五的饺子。离正月十五还有十天,年还没有过完呢。

又要过年了,想起老爷子的那盏年灯。

油条佬的棉袄

牛家兄弟俩,长得都不随爹妈。牛大爷和牛大妈,都是胖子,他们兄弟俩却很瘦削。尤其是等到他们哥儿俩上中学了,身材出落得更是清秀。那时候,我们大院里的大爷大妈,常拿他哥儿俩开玩笑,说:"你们不是你妈亲生的吧?"牛大爷和牛大妈在一旁听了,也不说话,就咯咯地笑。

牛大爷和牛大妈就是这样性情的人,一辈子老实、随和。他们在大院门前支一口大铁锅,每天早晨炸油条。牛家的油条,在我们那条街上是有名的,炸得松、软、脆、香、透——这五字诀,全靠着牛大爷的看家本事。和面加白矾,是衡量本事的第一关;油锅的温度是第二关;炸的火候是最后一道关。看似简单的油条,让牛大爷炸出了好生意。牛家兄弟俩,就是靠牛大爷和牛大妈炸油条赚的钱长大的。

大牛上高一时，小牛上初一。那时候，大牛高过小牛一头多，而且比小牛英俊，也知道美了，每天上学前照镜子，还用清水抹头发，让小分头光亮些。但是，他特别讨厌我们大院的大人们拿他和他爹妈做对比、开玩笑。他也不爱和爹妈一起出门，除非不得已，他会和爹妈拉开距离，远远地走在后面。最不能忍受的是学校开家长会。好几次家长会通知单，他都没有拿回家给爹妈看。

小牛和哥哥不太一样。他常常帮助爹妈干活儿，星期天休息的时候，他也会帮爹妈炸油条。不过，牛大爷嫌他炸油条的手艺糙，只让他收钱。而且，大牛的学习成绩一直比他好，在哥哥面前小牛有点儿低眉臊眼。于是，牛家也习惯了，大牛一进屋就捧着书本学习，小牛一放学就拿扫帚扫地干活儿。虽说手心手背都是肉，但在我们大院街坊的眼睛里，牛家两口子有意无意是明显地偏向大牛的，就常以开玩笑的口吻，对牛家两口子这样说。牛大爷和牛大妈听了，只是笑，不说话。

大牛高三那年，小牛初三。两个人同时毕业，大牛考上了工业学院，小牛考上了一个中专学校。两个人都住校，家里就剩下牛大爷和牛大妈，老两口接着炸油条，用沾满油腥儿的钞票，供他们读书。

小牛毕业后，在一家工厂工作，每天又住回家里。大牛毕业后，被分配到一家研究所，住进了单位的单身宿舍里，再也没回家住过一天。别人不清楚，牛大爷和牛大妈心里明镜般地清楚，大牛是嫌弃家里住的这房子破呢。没两年，大牛就结婚了。结婚前，他回家来了一趟，跟爹妈要钱。要完钱，就走了，连口水都没有喝。要多少钱，牛大爷和牛大妈都如数给了他，但结婚的大喜日子，他不让牛大爷和牛大妈去，怕给他丢脸。

就是从这以后，牛大爷和牛大妈的身子骨儿开始走下坡路。没几年工夫，牛大爷先卧病在床，油条炸不成了。紧接着，牛大妈一个跟头栽在地上，送到医院抢救过来，落下半身瘫痪。家里两个病人，小牛不放心，只好请长假回家伺候。

大牛倒是也回家来看看，但主要目的还是要钱。牛大爷躺在床上一声不吭，牛大妈哆哆嗦嗦气得扯过盖在牛大爷身上油渍麻花的破棉袄说："你看看这棉袄，多少年了都舍不得换新的，你爸爸辛辛苦苦炸油条赚钱容易吗？这又看病又住院的，哪一样不要钱？你都工作这么多年了，我们没跟你要过一分钱就不错了！你还觍着脸伸手朝我们要钱？"此后，大牛再也没进这个家门。

牛大爷和牛大妈在病床上躺了五六年的样子，先后走了。牛大妈是后走的，看着小牛为了伺候他们老两口，连个对象都没找，心疼得很。但那时候，她的病很重了，说话言语不清。临咽气的时候，牛大妈指着牛大爷那件油渍麻花的破棉袄，张着嘴巴，大口喘着粗气，使劲儿想说什么，又怎么也说不出来，支支吾吾的，小牛不知道什么意思。

将老人下葬之后很久,处理爹妈的东西,看见了父亲的这件破油棉袄,小牛又想起了母亲临终前那个动作,觉得怪怪的。他拿起棉袄,才发现很沉,抖搂了一下,里面哗哗响。他忍不住拆开了棉袄,棉花中间夹着的竟然是一张张十元钱的票子。那时候,十元钱就属于大票子了。据我们大院里知情的街坊说,老爷子足足给小牛留下了一百多张十元钱的大票子,也就是说有一千多元呢。那时候,我爸爸行政二十级,每月只拿七十元的工资。

这之后,小牛就离开了大院。谁也不知道他搬到了哪里。我再也没见到他们哥儿俩。

好多年过去了,往事突然复活,是因为前些日子,我听到台湾歌手张宇唱的一首老歌,名字叫作《蛋佬的棉袄》,非常动听。他唱的是一个卖鸡蛋的蛋佬,年轻时不理解母亲,披着母亲给他的一件破棉袄卖蛋度日,懂事后攒钱要让母亲富贵终老,但母亲已经去世了,却发现棉袄里母亲为他藏着的一根金条。"蛋佬恨自己没能回报,夜夜狂啸,成了午夜凄厉的调……他那件棉袄,四季都不肯脱掉。"唱得一往情深,让我鼻酸,禁不住想起牛大爷那件炸油条时穿的破油棉袄。

表叔和阿婆

北京前门一带多会馆，多是为清朝末年各地进京赶考的秀才修建的。事过经年，几番历史风雨剥蚀，当年书店墨香早已荡然无存，如今各类小房如雨后春笋丛生，成为名副其实的大杂院。

粤东会馆便是其中一座，表叔家便是这座大院里的一家。至于为什么唤他表叔，我们大院里的人，谁也说不出个子丑寅卯。几十年来，大院无论男女老少都这样唤他。这称谓透着亲切，也杂糅着难以言说的人生况味。

表叔以洁癖闻名全院。下班回家，两件大事：一是擦车，二是擦身。无论冬夏雨雪，雷打不动。擦车与众不同，他要把他那辆自行车调个过儿，车把冲地，两个轮子朝上，活像对付一个双腿朝天不住踢腾的调皮孩子。他更像给孩子洗澡一样认真而仔细，湿布、棉纱、毛巾，轮番招呼，直擦得那车锃亮，能照见人影儿，方才罢手。然后，再去擦身。他从不挂窗帘，永远赤着脊梁，湿毛巾、干毛巾，一通上下左右、斜刺横弋地擦，直擦得身上泛红发热，方解心头之恨一般，心满意足将一盆水倒出屋，从擦车到擦身一系列动作才算完成，绝对是浑然一体、一气呵成，成为大院久演不衰的保留节目。

年近五十的表叔至今独身未娶，这很让全院人为他鸣不平。他人缘儿很好，是一家无线电厂的工程师，院里街坊谁家收音机、电视机出了毛病，都是他出马，手到擒来，不费吹灰之力。

偏偏人好命不济，从年轻时就开始走马灯一样相对象，竟然天上瓢泼大雨，也未有一滴雨点儿落在他的头顶。究其原委，表叔有个缺陷：说话"大舌头"，那说话声儿有些含混。姑娘一听这声音，便皱起眉头，觉得这声音太刺激耳朵，更妨碍交流。

表叔还有个包袱，实际上是他谈对象始终未成的最大障碍，便是阿婆。院里人都管表叔的老妈妈叫阿婆，这原由很清爽，老太太是广东人，阿婆是广东人的叫法。自打表叔一家搬进大院，阿婆便是瘫在床上的，吃喝拉撒睡，均无法自理。有的姑娘容忍了表叔的舌头，一见阿婆立刻退避三舍，甚至说点儿不凉不酸或绝情的话。

久经沧海，表叔心静自然凉，觉得天上星星虽多，却没有一颗是为自己亮的，而自己要做一轮太阳，永远照耀着母亲。他能够理解并原谅姑娘拒绝自己的爱，包括对自己舌头的鄙夷，却绝不理解、更难原谅她们对自己母亲的亵渎。虽然，老人瘫在床上，但她这一辈子全是为儿子呀！羊羔尚知跪乳以谢母恩，更何况人呢！

街里街坊都庆幸阿婆有福，虽没得到梦寐以求的儿媳妇，但至少有这么个孝顺的儿子。阿婆总觉得自己拖累了儿子，常念叨："都是我这么一个瘫老太婆呀，害得你讨不到老婆！"

表叔总这样劝阿婆："我就是没有老婆也不能没有您。您想想，没有您，能有我吗？"

表叔粗粗的、混沌的声音，一般人听不大清楚，但阿婆听得真真儿的。在阿婆听来，那就是天籁之音。

阿婆故去时，表叔已经五十多岁了，他照样没有找到对象，照样每天雷打不动地擦车、擦身，只是那车再如何精心保养也已见旧。表叔赤裸的脊梁更见薄见瘦，骨架如车轮上的车条一样历历可数。好心的街坊觉得表叔这么好，说什么也得帮他找上对象。只是，表叔的青春已经随阿婆逝去而逝，难再追回。他不抱奢望，觉得爱情不过是小说和电视里的事，离他越来越遥远，只能说说、听听而已。但是，好心的街坊们锲而不舍，何况十个女人九个爱做媒，且好女人毕竟不只是小说和电视里才有。女人的心最是莫测幽深，有眼眶子浅的，有重财轻貌的，有看文凭像当年看出身一样的……也有看重心地超越一切的。几年努力,街坊们没有白辛苦,终于有一位四十多岁的女人看中了表叔。

表叔却坚决拒绝。起初,谁也猜不透,有说表叔是两分钱的小葱——要拿一把了,也有说一准儿是女人伤透了表叔的心。一直到去年,表叔突然魂归九泉,追寻阿婆而去,人们才明白,表叔那时已经知道自己身患癌症。

表叔留下许多东西无人继承,其中最醒目的是那辆自行车,干干净净,锃光瓦亮。

1993年春于北京

绉纱馄饨

北京普通人家,一般爱吃饺子,吃馄饨少。我第一次吃馄饨,是上初中之后,和同学一起在珠市口路北一家饭馆里;饭馆紧靠清华浴池,对面是开明老戏园,那时已改名叫珠市口电影院。我们就是晚上看完电影,到这里每人吃了一碗馄饨。

这是家小店,夜宵专卖馄饨。比起饺子,馄饨皮很薄,但馅儿很少,让人觉得馄饨是样子货,还是馅儿大肉多的饺子吃起来更痛快。

这样的印象被打破,是吃到了我们大院里梁太太包的馄饨之后。梁太太一家是江苏人,梁太太包的馄饨,在我们大院是出了名的。我很小的时候,就听院里街坊议论过梁太太的馄饨,说她做的馄饨皮,加了淀粉和鸡蛋,薄得如纸似纱,对着太阳或灯看,透亮。而且,馄饨皮捏出来的皱褶,呈花纹状,一个小小的馄饨，简直像一朵朵盛开的花，不吃，光是看，就让人爽心悦目，像艺术品。

梁太太自己说，这种馄饨，在她家乡几乎每个人家都会包，人们称作绉纱馄饨。我从来没见过梁太太包的这样精美绝伦的馄饨，都是听街坊们这样说，只有想象而已。心里想，梁家有钱，自然吃的要比一般人家讲究得多。

那时候，梁太太很年轻，她的女儿只有四五岁，比我小两岁。梁先生在银行上班，梁太太不工作，在家里相夫教女。据说，梁先生最爱吃馄饨，所以梁太太才常常要包馄饨。特别是梁先生加夜班的时候，梁太太的馄饨更是必不可少。每次梁先生吃馄饨的时候，她女儿跟着吃，也爱吃得不得了。绉纱馄饨，成了她家经常上演的精彩保留节目。

读高一的秋天，学校组织下乡劳动，我突然拉稀不止，高烧不退。同学赶着一辆驴车，连夜把我从郊区乡间送回北京。在医院里打完针吃了药，回到家之后，一连几天，烧还是不退，浑身虚弱，什么东西都吃不下去，没有一点儿胃口。母亲吓坏了，和街坊们说，想求得什么法子，可以让我吃下东西。人是铁饭是钢，不吃东西，这病怎么好啊！母亲念叨着。街坊们好心出了许多主意。

这天晚上，梁太太来到我家，手里端着一个小钢精锅，打开一看，满满一锅馄饨。梁太太对母亲说："给孩子尝尝，我特意在汤里点了些醋，加了几片西红柿，开胃的，看看孩子能不能吃一些？"

母亲谢过梁太太，转身找大碗，想把馄饨倒进碗里，好把钢精锅还给梁太太。梁太太摆手说："不急，不急，来回一折腾，凉了就不好吃了。"说着，转身离去。

母亲用一个小碗盛了几个馄饨，舀了一些汤，递给我。我迷迷糊糊地吃了一个，别说，还真的很好吃，坦率地说，比母亲包的饺子要好吃，馅儿里有虾仁，是吃得出来的，还有什么东西，我就不懂了。总之，很鲜，很香。我喝了一口汤，更鲜，里面不仅放了醋，还有白胡椒粉，真的特别开胃，竟然让我几口就把这碗汤都喝光了。

母亲很高兴，端来锅，又给我盛了一碗。我望了一眼锅里，西红柿的红，紫菜的紫，香菜的绿，汤的白，再加上皮薄如纸皱褶似花的馄饨里肉馅的粉嘟嘟颜色，交错在一起，好看得像一幅水墨画——那是满盘饺子没有的色彩和模样。

病好之后，我还在想梁太太的馄饨，不禁笑自己馋。心想，绉纱馄饨，这个名字取得真是好听。母亲包的饺子，有时也会在饺子皮上捏出一圈圈的小皱褶，我们叫作花边饺子或麦穗饺子，但总觉得没有绉纱馄饨好听。

那时候，梁太太不到四十，显得很年轻，爱穿一件腰身婀娜的旗袍。她女儿刚上初二，虽然和我不在同一所学校，毕竟在大院里一起长大，彼此朋友一样很熟悉。现在想想，有些遗憾的是，再也没有吃过梁太太的绉纱馄饨。

1968年夏天,我去北大荒。冬天,梁太太的女儿到山西插队,和我家只剩下了老两口一样,她家也剩下了梁太太和梁先生相依为命。

六年过后,我从北大荒调回北京当老师,是大院里插队那一拨孩子里最早回来的。梁太太见到我,很有些羡慕。我知道,她女儿还在山西农村,自然希望女儿也能早点儿回来。

回北京一年半之后,我搬家离开大院,临别前一天下午,我去看望梁太太,发现她苍老了许多。算一算,那时候,她应该才五十来岁。我去主要是安慰她,知青返城的大潮已经开始了,她女儿回北京是早晚的事。她坐在那里,痴呆呆地望着我,半天没有说话。我要出门的时候,她才忽然站起来对我说:"晚上到我家吃晚饭吧,我给你包绉纱馄饨。"

晚上,我去她家,她并没有包绉纱馄饨,神情恍惚,忘记了馄饨的事。

事过好几年之后,我听老街坊讲,那时候,她女儿已经在山西嫁给当地农民两年多了。

2021年6月20日于北京

贰

那片绿绿的爬山虎

单木不成林,
一个地方,之所以让你怀念,
让你千里万里想再回去看看,
不仅仅是那个地方让你难忘,更是有人让你难忘。

那片绿绿的爬山虎

1963年,我上初三,写了一篇作文叫《一张画像》,是写教我平面几何的一位老师。他教课很有趣,为人也很有趣,致使这篇作文写得也自以为很有趣。经我的语文老师推荐,这篇作文竟在北京市少年儿童征文比赛中获了奖。当然,我挺高兴。一天,语文老师拿来厚厚一个大本子对我说:"你的作文要印成书了,你知道是谁替你修改的吗?"我睁大眼睛,有些莫名其妙。"是叶圣陶先生!"老师将那大本子递给我,又说:"你看看叶老先生修改得多么仔细,你可以从中学到不少东西!"

我打开本子一看,里面有这次征文比赛获奖的二十篇作文。我翻到我的那篇作文,一下子愣住了:首先映入眼帘的是红色的修改符号和改动后增添的小字,密密麻麻,几页纸上到处是红色的圈、钩或直线、曲线。那篇作文简直像是动过大手术鲜血淋漓又绑上绷带的人一样。回到家,我仔细看了几遍叶老先生对我作文的修改。题目《一张画像》改成《一幅画像》,我立刻感到用字的准确性。类似这样的地方修改得很多,长句子断成短句的地方也不少。有一处,我记得十分清楚:"怎么你把包几何课本的书皮去掉了呢?"叶老先生改成:"怎么你把几何课本的包书纸去掉了呢?"删掉原句中"包"这个动词,使句子干净了也规范了。而"书皮"改成了"包书纸"更确切,因为书皮可以认为是书的封面。我真的从中受益匪浅,隔岸观火和身临其境毕竟不一样。这不仅使我看到自己作文的种种毛病,也使我认识到文学事业的艰巨:不下大力气,不一丝不苟,是难成大气候的。我虽然未见叶老先生的面,却从他的批改中感受到他的认真、平和以及温暖,如春风拂面。

叶老先生在我的作文后面写了一则简短的评语:这一篇作文写的全是具体事实,从具体事实中透露出对王老师的敬爱。肖复兴同学如果没有在这几件有关画画的事儿上深受感动,就不能写得这样亲切自然。这则短短的评语,树立起我写作的信心。那时我才十五岁,一个毛头小孩,居然能得到一位蜚声国内外文坛的大文学家的指点和鼓励,内心的激动可想而知,涨涌起的信心和幻想,像飞出的一只鸟儿抖着翅膀。那是只有那种年龄的孩子才会拥有的心思。

这一年暑假，语文老师找到我，说："叶圣陶先生要请你到他家做客！"

我感到意外。像叶圣陶先生这样的大作家，居然要见一个初中学生，我自然当成人生中的一件大事。

那天，天气很好。下午，我来到东四北大街一条并不宽敞却很安静的胡同。叶老先生的孙女叶小沫在门口迎接了我。院子是典型的四合院，敞亮而典雅，刚进里院，一墙绿葱葱的爬山虎扑入眼帘，使得夏日的燥热一下子减少了许多，阳光都变成绿色的，像温柔的小精灵一样在上面跳跃着，闪烁着迷离的光点。

叶小沫引我到客厅，叶老先生已在门口等候。见了我，他像会见大人一样同我握了握手，一下子让我觉得距离缩短不少。落座之后，他用浓重的苏州口音问了问我的年龄，笑着讲了句："你和小沫同龄呀！"那样随便、和蔼，作家头顶上神秘的光环消失了，我的拘束感也消失了。越是大作家越平易近人，原来他就如一位平常的老爷爷一样让人感到亲切。

想来有趣，那一下午，叶老先生没谈我那篇获奖的作文，也没谈写作。他没有向我传授什么文学创作的秘诀、要素或指南之类。相反，他几次问我各科学习成绩怎么样。我说我连续几年获得优良奖章，文科理科学习成绩都还不错。他说道："这样好！爱好文学的人不要只读文科的书，一定要多读各科的书。"他又让我背背中国历史朝代，我没有背全，有的朝代顺序还背颠倒了。他又说："我们中国人一定要搞清楚自己的历史，搞文学的人不搞清楚我们的历史更不行。"我知道这是对我的批评，也是对我的期望。

我们的交谈很融洽，仿佛我不是小孩，而是大人，一个他的老朋友。他亲切之中蕴含的认真，质朴之中包容的期待，把我小小的心融化了，以至于不知黄昏什么时候到来，悄悄将落日的余光染红窗棂。我一眼又望见院里那一墙的爬山虎，黄昏中绿得沉郁，如同一片浓浓湖水，映在客厅的玻璃窗上，不停地摇曳着，显得虎虎有生气。那时候，我刚刚读过叶老先生写的一篇散文《爬山虎》，便问："那篇《爬山虎》是不是就写的它们呀？"他笑着点点头："是的，那是前几年写的呢！"说着，他眯起眼睛又望望窗外那爬山虎。我不知那一刻老先生想起的是什么。

我应该庆幸，有生以来第一次见到作家，竟是这样一位大作家，一位人品与作品都堪称楷模的大作家。他对于一个孩子平等真诚又宽厚期待的谈话，让我十五岁那个夏天富有生命和活力，仿佛那个夏天变长了。我好像知道了或者模模糊糊懂得了：作家就是这样做的，作家的作品就是这么写的。同时，在我的眼前，那片爬山虎总是那么绿着。

1991年底于北京

少年护城河

在我童年住的大院里,我和大华曾经是死对头。原因其实很简单,大华倒霉就倒霉在他是一个私生子,一直跟着小姑过,他的生母在山西,偶尔会来北京看看他,但谁都没有见过他的爸爸,他自己也没见过。这一点,是公开的秘密,大院里的大人孩子都知道。

当时,学校里流行一首名字叫《我是一个黑孩子》的歌,其中有这样一句歌词:"我是一个黑孩子,我的家在黑非洲",我改一改词儿:"我是一个黑孩子,我的家不知在何处……"这里黑孩子的"黑"不是黑人的"黑",而是找不着主儿即"私生子"的意思,我故意唱给大华听,很快就传开了,全院的孩子见到大华,都齐声唱这句词儿。

现在想一想,小孩子的是非好恶就是这样简单,又是这样偏颇，真的是欺负人家大华。

大华比我高两年级，那时上小学五年级，长得很壮，论打架，我是打不过他的。之所以敢这样有恃无恐地欺负他，是因为他的小姑脾气很烈，管他很严，如果知道他在外面和哪个孩子打架，不问青红皂白，总是要让他先从家里的胆瓶里取出鸡毛掸子，交给她，然后老老实实撅着屁股，结结实实挨一顿揍。

我和大华唯一的一次动手打架，是在一天放学之后。因为被老师留下训话，我走出校门时天已经黑下来。从学校到我们大院，要经过一条胡同，胡同里有一块刻着"泰山石敢当"的大石碑。由于胡同里没有路灯，漆黑一片，经过那块石碑的时候，突然从后面蹿出一个人影，如同饿虎扑食一般把我按倒在地上，然后，一通拳头如雨，打得我鼻肿眼青，鼻子流出了血。等我从地上爬起来，人影早不见了。但我知道，除了大华外，不会是别人。

我们之间的仇，因为一句歌词，也因为这一场架，算是打上一个死结了。从那以后，我们彼此再也不说话，即使迎面走过，也像不认识一样，擦肩而过。

没有想到，第二年，也就是大华小学毕业升入中学那一年夏天，我的母亲突然去世了。父亲回老家沧县给我找了一个后妈。一下子，全院的形势发生了逆转，原来跟着我一起冲着大华唱"我是一个黑孩子，我的家不知在何处"的孩子们，开始齐刷刷地对我唱起他们新改编的歌谣："小白菜呀，地里黄哟；有个孩子，没有娘哟……"

我发现，唯一没有对我唱这个歌的，竟然是大华。这一发现，让我有些吃惊，想起一年多前，我带着一帮孩子，冲着他大唱"我是一个黑孩子，我的家不知在何处"心里有些愧疚，觉得那时候太不懂事，太对不起他。

我很想和他说话，不提过去的事，只是聊聊乒乓球，说说刚刚夺得世界冠军的乒乓球明星庄则栋，就好了。好几次，大家碰到一起，却还是开不了口。再次擦肩而过的时候，我看见他的眉毛往上挑一挑，嘴唇动了动，我猜得出，他也开不了口。或许，只要谁先开口，一下子就冰释前嫌了。小时候，自尊的脸皮，就是那样的薄。

一直到我上中学，和他一所学校，参加了学校的游泳队，一周有两次训练，由于他比我高两年级，老师指派他教我总也学不规范的仰泳动作，我们这才第一次开口说话。这一说话，就像开了闸的水，止不住地往下流，从当时的游泳健将穆祥雄，到毛主席畅游长江。过去那点儿事，就像沙子被水冲得无影无踪，我们一下子成为无话不说的好朋友。童年的心思，有时窄小如韭菜叶，有时又是这样没心没肺，把什么事都抛到脑后。只是，我们都小心翼翼，谁也不去触碰往事，谁也不去提私生子或后妈这令人厌烦的词眼儿。

大华上高一的那年春天，他的小姑突然病故，他的生母从山西赶来，要带着他回山西。那天放学回家，刚看见他的生母，他扭头就跑，一直跑到护城河边。那时，穿过北深沟胡同就到了护城河，很近的道。他的生母，还有大院好多人都跑过去，却只看见河边上大华的书包和一双白力士鞋，不见他的人影。大家沿河喊着他的名字，一直喊到晚上，也没能见到他的人影。街坊们劝大华的生母，兴许孩子早回家了，你也回去吧。大华的生母回家了。但还是没见大华的人影。大华的生母一下子就哭了起来，大家也都以为大华是投河自尽了。

我不信。我知道大华的水性很好，他要是真的想不开，也不会选择投水。夜里，我一个人又跑到护城河边，河水很平静，没有一点儿波纹。我在河边站立很久，突然，我憋足一口气，双手在嘴边围成一个喇叭，冲着河水大喊一声："大华！"没有任何反应。我又喊第二声："大华！"只有我自己的回声。心里悄悄想，事不过三，我再喊一声："大华，你可一定得出来呀！"我第三声"大华"落地，依然没有回应，一下子透心凉，我一屁股坐在地上，再也忍不住，哇哇地大哭。

就在这时候，河水有哗哗的响声，一个人影已经游到河中心，笔直向我游来。我一眼看出来，那是大华！

我知道，我们的友情，这时候才真正开始。直到现在，只要我们彼此谁有点儿什么事情，不用开口，就像真的有什么心灵感应，有仙人指路一样，保证对方会在第一时间出现在面前。别人都会觉得过于神奇，我们两人都相信，这不是什么神奇，是真实的存在。这个真实就是友情。罗曼·罗兰曾经讲过，人的一辈子不会有那么多所谓的朋友，真正的朋友，一个就足够。

忧郁的孙犁先生

一晃,孙犁先生已经去世五个月了。我一直想写写孙犁先生,却又不知从何写起,面对电脑,枯坐半天,总是一片空白。这让我非常痛苦,我才发现有的事情有的人真的想写却突然没有词了,那感觉就像欲哭无泪一样吧。

我常常想起孙犁先生,想起先生和我通过的那么多的信。我很想把这些信件都整理出来,为先生也给自己留一份纪念。可是,我不忍心触动那些难忘的,而且只是属于我们两人的岁月。那是一段多么难忘的岁月,在我的一生中,恐怕再也找不回那样恬静而温馨的岁月了。我表达着一个晚辈对他的景仰,他是我德高望重的前辈,却是那样的平易朴素,那么大的年纪却常常关心我的生活和写作,竟然来信说:"您在各地报刊发表的短文,我能读到的,都拜读了。"而且按先生的话是"逐字逐句"认真地读，然后写来长信，提出批评，给予鼓励。文学变得那样的美好而纯净，远离尘嚣，我和先生仿佛与世隔绝一般，只谈读书，只谈往事。现在还会有那样的岁月和心境吗？

在孙犁先生活着的时候，我常常想去看望他，北京离天津并不远，况且在天津还有我的亲人和认识孙犁先生的朋友，我也经常去天津。但我还是一次次忍住了这个念头，我怕打扰一个喜欢安静的老人，说老实话，也怕和我想象中的样子出现偏差。心仪一位自己喜爱的作家，就老老实实地读他的作品吧。我知道我既不是他的学生，也不是他的研究者，也不是他的部下，而只是一个敬重他的作者和喜爱他的读者。本来离孙犁先生就很远，即便走近了，也不见得就能够看得清楚，就还是远远地保留一份想象吧。

孙犁先生去世之后，我读过了不少人写的悼念文章，有些和我想象中的一样，有些和我想象中的不一样。我便问自己：我想象中的孙犁先生是什么样子呢？想了许久，我得出的结论是：晚年的孙犁先生是忧郁的。我不知道，我的想象是不是对。那确是我的想象。没错，孙犁先生的晚年是忧郁的。

孙犁先生的忧郁，和他衰年独处有关。他文章中不止一次流露出"故园消失，朋友凋零，还乡无日，就墓在期"的感慨，他是一个情感极其细腻的人，他沉淀了岁月，洞悉了人生，所以在琐碎生活中特别珍时惜日，所以在秋水文章中格外取心析骨。

记得他读完我的《母亲》一文，知道我小时候生母去世后父亲回老家又为我和弟弟娶回一个继母的经历，来信说："您的童年，无论如何，不能说是幸福的，使我伤感。"然后，又驰书一封特别说："关于继母，我只听说过'后娘不好当'这句老话，以及'有了后娘就有了后爹'这句不全面的话。您的生母逝世后，您的父亲就'回了一趟老家'。这完全是为了您和弟弟。到了老家经过和亲友们商议、物色，才找到一个既生过儿女、年岁又大的女人，这都是为了您。如果是一个年轻的、还能生育的女人，那情况就很可能相反了。所以，令尊当时的心情是痛苦的。"

前一封信，让我感动，我知道孙犁晚年很少再动感情，他自己在文章里说过："我老了，记忆力差，对人对事，也不愿再多用感情。"他却为我的一篇文章为我的童年而伤感。我能够触摸到他敏感和善感的心，便也就越发明白为什么在他早期的文章中充满对那么多人细致入微的感情描摹。我有一种和他的心相通的感觉，这不是什么攀附，只是普通人之间普通情感的相通。我相信他是不愿意他去世后被人称作大师的，他只是一个始终保持着普通人感情的作家，就像他始终喜欢布衣麻鞋、粗茶淡饭一样。

后一封信，让我没有想到，因为在我写文章的时候到文章发表之后，都没有曾经想到父亲当年那样做时内心真实的感情,而只是埋怨父亲。孙犁先生的信提醒了我,也是委婉地批评了我。真的,对于父亲,我一直都并未理解,一直都是埋怨,一直都是觉得失去母亲后自己的痛苦多于父亲。也许,只有经历过太多沧桑的孙犁先生,对于哪怕再简单的生活才会涌出深刻的感喟吧,而我毕竟涉世未深。过去常看到别人说孙犁先生善于写女人,其实,他也是那样善于理解男人。我隐隐地感觉到晚年的孙犁先生和年轻时的心境已经不大一样,便总觉得有一种忧郁的云翳拂过他的眼神,善意地注视着我们,伤感地回顾着往昔。

我不大清楚孙犁先生到底是如何看待自己晚年的文章的。我只知道在和我通信中,他特别提到过他的两篇文章:一篇是1989年写的《记邹明》,一篇是1994年写的《读画论记》。在他晚年的著述里,这两篇文章都算比较长的了。我是觉得他自己格外看重这两篇文章的。《读画论记》中,他不计利钝,不为趋避,知人论世,裁画叙心,深刻道出对文坛的悲哀。他说:"没有大智大勇,很难逃出这个圈子。"

我想起先生在给我的信中不止一次地流露出这种情绪:"贪图名利于一时,这是很容易的。但遗憾终生,得不偿失,我很为一些聪明人,感到太不值。"在信里,他对文坛许多现象给予了批评,比如对那些冒充学问的所谓注水书籍的一再批评:"这不能说明他有学问,是说明当前的'读者'都是'书盲',能被这些人唬住,太可怜了。"面对这些现象,最后他只有在信中感慨地说:"据我的经验,目前好像没有人听正经话,只愿意听邪门歪道,无可奈何。"我便忍不住想起他在文章中一针见血批评的话:"文场芜杂,士林斑驳。干预生活,是干预政治的先声;摆脱政治,是醉心政治的烟幕。文艺便日渐商贾化、政客化、青皮化。"也是,这样的话,谁能够听得进去,谁又愿意听呢?

晚年唯一能够给予他慰藉的只有读书了。他在信中对我说:"我读书很慢,您难以想象,但我读得很仔细,这也是年轻人难以想象的。"在另一封信中,他又说:"读书烦了,就读字帖;字帖厌了,就看画册。这是中国文人的消闲传统,奔波一生,晚年得静,能有此享受,可云幸福。"孙犁是以这样的心境退回书斋之中的,既有中国传统文人之习,也有无可奈何之隐。孙犁先生的去世,让我感到这样一代文人和文风已经基本宣告结束了。那种忧郁的太息和气质只存活在他的文字中了。

我知道孙犁晚年喜欢临帖书写,曾经请他为我写一幅字,他写来的第一幅录的是杜甫《寄彭州高三十五使君适虢州岑二十七长史参三十韵》中的诗句,诗里有"心微傍鱼鸟,肉瘦怯豺狼"和"竹斋烧药灶,花屿读书床"的句子,我不知道是不是先生的自况?他写来第二幅字是"千秋万岁名,寂寞身后事"。我是感到他旷达和超脱之外的一丝忧郁。他出的最后一本书,取的书名竟是《曲终集》,我隐隐感到不大吉利,曾经写信问过他，先生回信却没有回答，也许，是觉得我岁数还小不大懂得吧。

《记邹明》中，有他自己人生的感慨，那是一则邹明记，也是一篇哀己赋。在那篇文章中，他说："是哀邹明，也是哀我自己。我们的一生，这样短暂，却充满了风雨、冰雾、雷电，经历了哀伤、凄楚、挣扎，看到了那么多的卑鄙、无耻和丑恶。这是一场无可奈何的人生大梦，它的觉醒，常常在瞑目临终之时。"我不知道别人是如何看这篇文章的，我是感到了一种往昔的梦魇与现实的无奈，交织成一片深刻的忧郁，笼罩在晚年孙犁先生的心头，拂拭不去。

孙犁先生一生不谙世故宦情，以他的资历和成就，他完全可以像有些人爬上去的，但他只是如自己所说的："我的上面有：科长、编辑部正副主任，正副总编、正副社长。这还只是在报社，如连上市里，则又有宣传部的处长、部长，文教书记，等等。这就像过去北京厂甸卖的大串山里红，即使你也算是这串上的一个吧，也是最下面、最小最干瘪的那一个了。"

在一次孙犁先生《耕堂劫后十种》书籍出版座谈会上，我曾经讲过这样的话，我很想把这段话作为这篇迟到的悼念文字的结尾——

孙犁先生是中国真正的、有点老派的古典文人。知识分子是干什么的？就是干与知识相关的事情，孙犁先生的一生就是这样干的。面对这样的一个人，我们很惭愧。因为我们很多知识分子干的不是知识分子的事情，或为官，或为商，或争名于朝，或争利于市，这是孙犁先生作品中不断批判的。而孙犁先生的一生，干的是知识分子的事情，他不为官，也不为商。不是他没有为官的途径和条件，而是孙犁先生是一个真正的文人。回眸孙犁先生二十年，实际不止二十年，五十年或者更长，把他的五十年、六十年、一生的作品都展示出来，孙犁先生可以面不改色，不用脸红，他的每篇文章包括每封信件都可以和读者见面。现在有多少作家，包括所谓的大家可以把自己所有的作品更不要说每一封信件，摊出来和读者见面呢？正如孙犁先生在《曲终集》中所说："人生舞台，曲不终，而人已不见；或曲已终，而仍见人。"孙犁先生五十年的作品，不仅一直保持着这种创作的势头，而且保持着真正文人的这种态度。所以我说孙犁先生是真正的文人，做的是真正文人的事情，愿意称自己为文人的人，都应该有发自内心的深省。

2002年12月11日于北京

玻璃糖纸

小洁是个很小的小姑娘,也就五六岁的样子。她的爸爸妈妈都在部队上,离北京很远的边疆,一年只能回家探亲一次。小洁一直住在我们大院里她奶奶家。那时候,我们大院的小孩子,没有送幼儿园的,都是老人带。小洁的奶奶忙得很,家里的孩子多,光给一家人做饭,就够老太太忙乎的。小洁太小,和我们这些就要上中学的大孩子玩不到一起,她只好常常一个人玩,显得很寂寞。

小洁的奶奶家和我家是邻居。她奶奶忙乎的时候,如果看到我正好在家,有时她会溜到我家里来,找我玩。可是,我能和她玩什么呢?我家里没有任何玩具,我只能给她讲故事。故事讲腻了,就丢给她一本小人书,或者好多年前我看过的儿童画报《小朋友》,让她自己一个人玩会儿。

有一天,小洁拿着好几张不同颜色的玻璃糖纸,找我玩。她把糖纸都塞到我的手里,对我说:"你把玻璃糖纸放在你的眼睛上看太阳,能看到不同颜色的太阳!"

我用糖纸遮住一只眼睛,然后闭上一只眼睛,对着太阳看,还真的是看到了不同颜色的太阳,黄色的玻璃糖纸中的太阳就是黄色的,绿色的玻璃糖纸中的太阳就是绿色的,蓝色的玻璃糖纸中的太阳就是蓝色的……

"好玩吧?"小洁问我。

我知道,她是想和我一起玩,才想出了这样一个办法。我对她说:"你怎么想起了这么个法子来玩的呢?"

她告诉我:"我有好多这样的糖纸呢!晚上,我睡不着,用这些糖纸对着灯光看,灯光的颜色也就不一样了!对着我奶奶看,我奶奶的颜色也不一样了呢!"

"是吗?你真聪明!"我夸奖她。这样的玻璃糖纸,只有包装那些高级奶糖太妃糖咖啡糖夹心糖的糖块才会有。一般人家,不会买这样贵的糖,像我家,只有在过年的时候,爸爸才会买一些便宜的硬块的水果糖,这种水果糖不会用这样透明的玻璃纸包,只用一般的糖纸而已。

小洁听我夸奖了她,高兴地对我说:"我把我的糖纸拿来给你瞧瞧吧!"说着,她就跑回家,不一会儿,抱着一个大本子,又跑了回来,把本子递给我。

那是一本精装的硬壳书,书名叫《祖国颂》。记得很清楚,是1959年中国青年出版社出版的一本书,那一年,我上小学五年级,正好赶上建国十周年大庆。

打开书一看,是本诗集,里面全都是一首首现代诗。扉页上,歪歪扭扭地写着她爸爸妈妈和爷爷奶奶的名字,最后一行特别写着:这些字都是梁洁写的。我夸奖她说字写得真好!她高兴地笑了,让我赶紧往后翻书。我翻开一看,书里面好多页之间夹着一张或两张玻璃糖纸,都快把整本书夹满了。每张糖纸的颜色和图案都不一样,花团锦簇的,非常好看。我认真地一页一页地翻,一页一页地看,从头看到尾。

那时候,姐姐常来信,信封上贴着花花绿绿的邮票,我刚开始积攒邮票,我只知道集邮,还没有听说集糖纸的。我禁不住接着夸小洁:你真够棒的,攒了这么多的糖纸!真好看!你怎么一下子攒这么多糖纸的呀?

她告诉我,爸爸妈妈每一次回家看她,都会给她买好多的奶糖,探亲假结束,爸爸妈妈回部队了,奶奶怕吃糖吃坏了牙,只许她一天吃一颗奶糖,她一颗颗吃着奶糖,一天天数着日子,盼望着爸爸妈妈再回来看她。开始是奶奶帮助她把每天吃完奶糖扔的糖纸,随手夹在她爸爸读过的这本诗集里,夹的糖纸多了,她觉得挺好看的,自己就开始积攒起糖纸来了,糖纸越来越多,把这本书都给撑得鼓胀了起来。

"每次我爸爸妈妈回来,我都让他们给我买不一样的奶糖,我的玻璃糖纸就更多更好看了!"小洁看我这么欣赏她的糖纸,非常高兴地对我说。

其实,我不光是看她攒的这些漂亮的糖纸,更是看每一页上面的诗,那时候,我已经看了很多文学方面的书,喜欢看诗。虽然密密麻麻的诗句看不全,但每一首的作者是能看到的,记住了有田间、徐迟、袁鹰、艾青、郭小川、公刘、贺敬之、张志民、李学鳌……大多是我听说过的诗人,却还没有看过他们的诗,我真想看看这些诗,便对小洁说:"你能把这本书借我看两天吗?"

她立刻点头说:"行!"

这本《祖国颂》,在我手里,从头到尾仔细看了一遍,还抄了好多首诗。这是我第一次读到这么多诗人写的关于祖国的诗歌。我把书还给小洁,谢了她。她扬着小脸,很奇怪地问:"谢什么呀?"

她还会常拿着玻璃糖纸找我玩,不过,不再玩玻璃糖纸遮住眼睛看太阳的把戏了,而是教我怎么把一张玻璃糖纸折成一个小人、一只小鸟。她的手指很灵巧,不一会儿的工夫,就能折成一个小人、一只小鸟,是穿着裙子跳舞的小姑娘,是张开翅膀会飞的小鸟。说是教我,其实,是在表演给我看呢。

我问她:"你可真行!谁教你的呀?"

她告诉我,是她奶奶。

我读初二的时候,小洁的爸爸妈妈从部队转业回到北京,把小洁接走了。那一年,小洁要上小学一年级了。临走的前一天晚上,小洁跑到我家找我,手里拿着那本夹满玻璃糖纸的《祖国颂》,说是送给我了!我很有些意外,这本书里,积攒着她的糖纸,也积攒着她的童年。我自己集邮,集了一本的邮票,可不舍得给人,她却那么大方地把这一整本糖纸送给了我,我连忙推辞。她却很坚决:"我爸爸妈妈总给我买奶糖,我的玻璃糖纸多的是!再说,我知道,你喜欢这本书里的诗。"

我再也没有见到过小洁。每一次看到这本《祖国颂》,我都会想起她。

白发苍苍

小学四年级，多了一门作文课。教我们这门课的是新班主任老师。我记得很清楚，他叫张文彬，四十多岁的样子。不过，也可能五十岁了，小孩子看大人的年龄，看不准的。张老师有着浓重的外地口音，我听不出来他究竟是哪里的人。他很严厉，又正是年富力强的时候，站在讲台桌前，挺直的腰板，梳一头黑黑的头发——他那头发虽然乌亮，却是蓬松着，一根根直戳戳地立着，总使我想起他给我们讲课时讲解的"怒发冲冠"这个成语——我们学生都有些怕他。

第一次上作文课，他没有让我们马上写作文，带我们看了一场电影，是到长安街上的儿童电影院看的。（如今这家电影院早已经化为灰烬，在包括它在内的这一片地方建起了一个非常大的商厦。）我到现在还记得，看的是《上甘岭》。

那时，儿童电影院刚建成不久，内外一新。我的位置是在楼上，一层层座位由低而高，像布在梯田上的小苗苗。电影一开始，身后放映室的小方洞里射出一道白光，从我的肩头擦过，像一道无声的瀑布。我真想伸出手抓一把，也想调皮地站起来，在银幕上露出个怪样的影子来。

尤其让我感到新鲜的是，每一排座椅下面，都安着一盏小灯，散发着柔和而有些幽暗的光，可以使迟到的小观众不必担心找不到座位。那一排排小灯，让我格外感兴趣，觉得特别的新鲜，以至于看那场电影时我总是走神，忍不住低头看那一排排灯光，好像那里闪闪烁烁藏着什么秘密或什么好玩的东西。

第一次作文，张老师让我们写的就是这次看电影，他说："你们怎么看的，怎么想的，就怎么写，你觉得什么有意思，什么最感兴趣，就写什么。"我把我所感受到的这一切都写了，当然，我没有忘了写那一排排我认为最有意思、最新鲜的灯光。

没想到，第二周作文课讲评时，张老师向全班同学朗读了我的这篇作文。虽然几十年过去了，我还记得特别清楚，他特别表扬了我写的那一排排灯光，说我观察得仔细，写得有趣。他那浓重的外地口音，我听起来觉得是那样亲切。那作文所写的一切，我自己听起来也那么亲切，好像不是我自己写的，而是别人写的似的。童年的一颗幼稚好奇的心，让我第一次对作文产生了浓厚的兴趣。啊，原来自己写的文章，还有着这样的魅力!

张老师对这篇作文提出了表扬，也提出了意见，只是具体的什么意见，我统统忘记了，虚荣心让我光记住了表扬。但是，我记得从这之后，我迷上了作文，作文课成了我最喜欢最盼望上的一门课。而在作文讲评时，张老师常常要念我的作文。他常在课下对我说："多读一些课外书。"我觉得他那一头硬发也不那么"怒发冲冠"了，变得柔和了许多。

有时，一个孩子的爱好，就是这样简单地在瞬间形成的。一个人小时候，遇见一个好老师就是这样重要。老师的一句简单的表扬，对一个孩子就是这样重要。

新年，我们全校师生在学校的小礼堂里联欢。小礼堂是原来的破庙的大殿改建的，倒是挺宽敞，新装的彩灯闪烁，气氛挺热闹的。每个班都要出节目，那天，我和同学一起演出的是话剧《枪》的片段。这是一出儿童团智斗日本鬼子的故事。演得正带劲的时候，礼堂的大门突然被推开了，随着呼呼的冷风，走进来一个白胡子、白眉毛、白头发的老爷爷，穿着一件翻毛白羊皮袄，身上还背着一个白布袋……总之，给我的印象是一身白。走进门，他捋了捋白胡子，故意装出一副粗嗓门儿说道："孩子们，我是新年老人，我给你们送新年礼物来了!"同学们都欢呼起来了，他走到我们中间，把那个白布袋打开，倒出一个个小纸包，递给每个同学一份。那里面装的是铅笔、橡皮、三角板，或是糖果。当我们拿着这些礼物止不住笑成一团的时候,新年老人一把摘掉他的白胡子、白眉毛和白头发,尤其是那一头白发,虽然是染的,但根根直戳戳竖立着,我立刻又想起"怒发冲冠"那个成语。哦,原来这是我们的张老师!

第二年,他就不教我们了。他给我留下了这个白胡子、白眉毛和白头发的新年老人的印象。他给了我一个现实生活中难得的童话!这种童话,只有在我小学四年级那种年龄才能获得,他恰当其时地给予了我。

鲫鱼汤

有些事很难忘记。大学毕业那年暑假,我回北大荒一趟。那时,知青返乡热还没兴起,我是我们生产队乃至全农场第一个回去的知青,乡亲们都还健在,心气很高。过佳木斯、过富锦、过七星河,我赶回我曾经待过的大兴岛二队的上午,队上已经特意杀了一头猪,在两家老乡家摆出了阵势,热闹得像准备过年。

几乎全队的人都聚集在那里,等着和我一醉方休。挨个乡亲,我仔细看了一周遭,发现只有车老板大老张没有来。我问大老张哪儿去了,几乎所有人都笑了起来,七嘴八舌地叫道:"喝晕过去了呗!得等着中午见了!"

大老张是我们队上有名的酒鬼。一天三顿酒,一清早起来,第一件事是摸酒瓶子,赶车出工的时候,腰间别着酒葫芦，什么时候想喝，就得咪上一口。有时候，去富锦县城拉东西，回来天落黑了，他又喝多了，迷了路，幸亏老马识途，要不非陷进草甸子里，回不了家。

不过，大老张干活不惜力，他长得人高马大，一膀子力气，麦收豆收，满满一车的麦子和豆子，他都是一个人装车卸车，不需要帮手。需要帮手的时候，他爱叫上我。因为他爱叫我给他讲故事，他最爱听"水浒"。我们俩常常为争谁坐"水浒"里的第一把交椅而掰扯不清，我说是豹子头林冲，他非要说是阮小二，因为阮小二是打鱼的，他家祖上也是打鱼的。那都是哪辈子的事了？自从他爷爷闯关东之后，他就会赶马车。

那时候，知道我和大老张关系不错，大老张老婆老找我，让我劝大老张少喝点儿。每一次劝，大老张都会说："停水停电不停酒！"然后，接着雷打不动地喝。

那天午饭，我也没少喝。两户人家，屋里屋外，炕上炕下，摆了好几桌，杀猪菜尽情地招呼，乡亲们问我这个人怎么样，那个人又怎么样，一个个的知青，都关心地问了个遍。就着北大荒酒的酒劲，乡亲们的热情，一浪高过一浪。

午饭快要结束的时候，院子里传来了粗葫芦大嗓门，叫着我的名字："肖复兴在哪儿了？"一听，就是大老张，这家伙，真的是等到中午才来？早晨的酒劲儿过去了，又接着中午这一顿续上了？我赶紧起身叫道："我在这儿！"他已经走进了屋，大手一扬，冲我叫道："看我给你弄什么来了。"我定睛一看,他手里拎着两条小鱼。那鱼很小,顶多有两寸来长。他接着对我说:"一清早我就到七星河给你钓鱼去了,今天真是邪性,钓了一上午,钓到了现在,就钓上这么两条小鲫瓜子!"说着,他把鱼递给身边的一个妇女,嘱咐她:"去给肖复兴炖汤喝,我就知道你们吃的什么都有,就是没有鱼!"

有人调侃大老张:"我们还以为你喝晕过去了呢!"大老张很是一本正经地说:"今儿我可是一滴酒都还没有喝呢,我说什么也得给咱们肖复兴钓鱼去,弄碗鱼汤喝呀!酒喝多了,鱼怎么钓?"这话说得我心头一热。自从认识大老张以来,这是他第一次一上午滴酒未沾。

鲫鱼汤炖好了,端上来,只有小小的一碗。炖鱼的那个妇女说:"鱼实在是太小了!"大家都让我喝,说这可是大老张的一片心意!这时候,大老张已经喝多了,顾不上鲫鱼汤,只管呼呼大睡。满是胡子茬的大嘴一张一合吐着气,像鱼嘴张开吐着泡泡;浑身是七星河畔水草的气味。

什么时候,有过一个人,整整一个上午,为让你喝上一碗鱼汤,而专门去钓鱼?我的心里说不出地感动。单木不成林,一个地方,之所以让你怀念,让你千里万里想再回去看看,不仅仅是那个地方让你难忘,更是有人让你难忘。

我永远难忘那碗小小的鲫鱼汤,汤熬成了奶白色,放了一个红辣椒,几片香菜,色彩那样的好看,味道那样的鲜美。算一算,三十五年过去了,七星河还在,但是,钓鱼的人不在了。那个唯一的上午忍着酒虫子钻心而专心坐在那里,专门为你钓鱼的人不在了。

花荫凉儿

在我们汇文中学里,有好几位漂亮的女老师。高挥老师是其中一位。那时她三十岁上下,会拉一手小提琴,还在学校的舞台上演出过话剧。好长一段时间里,我偷偷地喜欢多才多艺的她,觉得她长得特别像我的姐姐,连说话的声音都像。只是她没有教过我。

她原来是志愿军文工团的团员,从朝鲜战场上回来,她没有同意嫁给首长,复了员,颠沛流离之后考学。大学毕业不久,到了我们学校,开始教地理,后来负责图书馆的工作。

1963年的秋天,我读高一,因为初三时候写的一篇作文在北京市获奖,校长对她说可以破例准许我进入图书馆自己选书。那一天的午饭时间,我刚要进食堂,看见高老师站在食堂旁的树下向我招手,我走过去,她对我说起了这件事,说你什么时候去图书馆都行。我的心里涌出一种说不出的感动,但实在口拙,一时又说不出什么。她摆摆手对我说:"快吃饭去吧。"我走后忍不住回头,才发现高老师站在一片花荫凉儿里,阳光从树叶间筛下,跳跃在高老师的身上,像闪动着好多颜色的花一样,是那么漂亮。

图书馆在学校五楼,由于学校有百年历史,藏书很多,有不少解放以前的书籍,由于没有整理,都尘埋网封在最里面的一间大屋子里。大概看出我频频瞟向那间上锁黑屋的心思,高老师帮我打开屋门的锁,让我进去随便挑。那是我有生以来第一次见到那么多的书,山一般堆至屋顶,散发着霉味和潮气,让人觉得远离尘世,与世隔绝,像是进入了深山宝窟。我沉浸在那书山里,常常忘记了时间,直到高老师在我的身后微笑着打开电灯,我才知道到该下班的时候了。

久别重逢,逝去的日子,一下子迅速地回流到眼前。我对高老师说:"您对我有恩,没有您,我看不到那么多的书,也许我不会走上写作的道路。"高老师摆摆手说不能这么讲,然后对在座的其他几位老师说:"我去过肖复兴家一次,看见地上垫两块砖,上面搭一块木板,他的书都放在那里,心里非常感动,回家就对我女儿说。后来,肖复兴到我家里看见有一个书架,其实是最简单不过的一个矮矮的书架,他对我说:'以后有钱我一定买一个您这样的书架。'这给我印象很深。"

我忽然想起了这样一件事,为了我破例可以进图书馆挑书，高老师曾经和一个同学吵过一架，那个同学也非要进图书馆自己挑书，她不让，同学气哼哼指着我说为什么他就可以进去。为此，"文化大革命"时她被贴了大字报，说是培养修正主义的苗子。我私下猜想，为什么高老师默默忍受了，大概她去我家的那一次，是一个感性而重要的原因。秉承着孔老夫子有教无类的理念，她一直同情我，帮助我。如今，这样的老师太少了；如今，不少老师是向学生索取，偏偏要通过学生寻找那些有钱有权的家长，明目张胆地增添自己的收入或关系网的份额。

我对高老师说："我从北大荒插队回来，第一个月领取了工资，先在前门大街的家具店买了一个您家那样的书架，二十二元钱，那时我的工资才四十二元半。"高老师对其他老师夸奖我说："爱书的孩子，到什么时候都爱书。"

我又对高老师说："'文化大革命'中虽然挨了批判，但图书馆的钥匙还在您的手里，有一次在校园的甬道上，您扬扬手里的钥匙，问我想看什么书，可以偷偷进图书馆帮我找。好长一段时间，我都是把想看的书目写在纸上交给您，您帮我把书找到，包在一张报纸里，放在学校传达室的王大爷那里，我取后看完再包上报纸放回传达室。这样像地下工作者传递情报一样借书的日子，一直持续到我去北大荒。那是我看书看得最多的日子。《罗亭》《偷东西的喜鹊》《三家评注李长吉歌诗》……好几本书，都没有还您，让我带到北大荒去了。"高老师说:"没还就对了,还了也都烧了。"在场的几位老师都沉默下来,那时,我们学校的书,成车成车拉到东单体育场焚毁,那里的大火曾经燃烧着我学生时代最残酷的记忆。

一个人的一生,萍水相逢中能够碰到这样的人,即使不多,也足够点石成金。分手时,我送高老师上了汽车,一直看着汽车跑远,才忽然想到,忘记告诉高老师了,那个从北大荒回来买的和您家一样的书架,一直没舍得丢掉,还跟着我。很多的记忆,都还紧紧地跟着我,就像影子一样,像校园里树叶洒下的花荫凉儿一样。

我庆幸中学读书时遇见了高老师。虽然多年未见,但心里一直把她当作自己的一位大姐。她比我姐姐大一岁,今年八十七岁了。真的,我非常想念她,想起她,总有一种想流泪的感觉。

赛什腾的月亮

又到中秋节了,不知道柴达木赛什腾山上的月亮,今年是不是和往年一样的圆?

赛什腾山应该算是昆仑山的余脉,那时候,在青海石油局的冷湖四号老基地,从哪个井队的位置上都可以望到它。望着它,觉得很近,却是望山跑死马,跑到山脚下,至少要花上半天的时间。

那时候,是指1968年。这一年,北京的初三学生甘京生和一批北京的中学生来到冷湖,成为一名石油工人。那时候,他还不到十八岁。就在那一年的中秋节,井队放假,他和几个同学约好,一上午就从四号老基地出发,往那座已经望了大半年的赛什腾山走去。那座每天都会映入眼帘的赛什腾山,在柴达木明亮得有些刺眼的阳光照射下,有时候会如海市蜃楼一般缥纱,让甘京生对它充满无数的想象。甘京生喜欢幻想,或许这是他从小时候就养成的习惯,他喜欢独自一人望着天空或树林或校园里的篮球架遐想联翩。大概和他喜欢读文学的书籍有关,那些书让他常常禁不住心旌摇荡,天马行空。

否则,他不会和同学约好向那座秃山走去。去之前,师傅就对他说过:"那山上什么也没有,从来就没有人爬上去过,你去那儿干啥?"他还是执意去了,累了一身的大汗,走了整整一个上午,下午一点多的时候才走到山脚边,吃了点东西继续爬,下午四点多的时候,终于爬到了山顶。山上除了有些芨芨草和星星点点的黄色的野花,真的什么都没有,都是一些裸露的灰色石头,仿佛月球的表面,显得那样地荒寂。

但是,甘京生很兴奋,他管这些小黄花叫作赛什腾花,就像老一辈石油人找到了石油把山下那一片井架林立的地方命名为冷湖一样。青春年少能够燃烧激情和幻想,让平凡琐碎的日子焕发出光彩。中秋节的天气在柴达木盆地已经冷了,天黑得也早了。爬上山没有多久,天色就渐渐暗了下来,秋风一吹,有些萧瑟沁凉如水的感觉,同学们都说赶紧下山吧,天再黑下来,下山的路就不好找了。他却坚持要等到月亮出来。"好不容易来一趟赛什腾山,又赶上中秋节,没看到月亮怎么行?"他对同学说。同学只好陪他一起看月亮。

那是甘京生第一次在赛什腾山看到月亮。那赛什腾的月亮,令他一生难忘。他能说出赛什腾的月亮和北京的月亮有什么不一样吗？他说不清楚，只觉得天远地阔，四周一片荒凉，月亮却和照在北京城里一样，那样浑圆明亮地照在这里没有一点儿生命气息的石头和萋萋野草，还有他刚刚命名的赛什腾花上。他觉得月亮真的非常伟大，对世界万物无论尊卑贵贱无论远近大小，都是一视同仁地那样平等。

这是第二年我在北京见到甘京生时，他对我说起中秋节爬赛什腾山看月亮时候讲的话。那一年夏天，他回北京探亲，专程来家看我，从青海回京的途中，他一路下车，不停游玩，在洛阳看过云冈石窟，他还在那里买了几本旧书，带回来送我。他的这一举动，让我刮目相看，好不容易有了数天规定好的探亲假，还不早早回家，谁舍得把时间浪费在路上，还惦记逛书店，买几本当时看来无用甚至被视为有害的书？他的浪漫之情，和当时正在热闹闹搞阶级斗争的气氛是多么的不谐调。

那是我第一次见到他。他和我弟弟是同学，又同在冷湖为石油工人，他是受弟弟之托来看我的。那一天晚上，他住在我家，我们抵足未眠，秉烛夜谈，聊了很多，他说这番话时，像一个文艺青年。如今，文艺青年像一个贬义词了，其实，真正成为一个文艺青年，并不容易，他除了必须具有文艺气质，更需要一颗怀抱对生活和对文学一样真正的赤子之心。这不是装出来的，而是一生的追求。

甘京生难得，是他并不只是在他十八岁那一年心血来潮爬了一次赛什腾山，看了一次中秋节赛什腾的月亮。从那一年开始，每年中秋节他都会爬一次赛什腾山，看一次赛什腾的月亮。20世纪80年代，他调到冷湖石油局中学里当语文老师，兼班主任。他开始带着他班上的学生，每年中秋节爬赛什腾山，看赛什腾的月亮。那些生在柴达木长在柴达木从未出过柴达木的孩子，从来没有特别注意过中秋节的月亮，更没有爬上赛什腾山看月亮的习惯。甘京生当了他们的老师之后，赛什腾的月亮，成为他们日记和作文中的内容，成为他们学生时代最美好而难忘的回忆。他让这些孩子看到了虽旷远荒寂却属于柴达木自己的独特的美。

甘京生离世已经二十多年了。他是因病去世的，他走得太早。如今，他教过的第一批由他带领爬赛什腾山看月亮的学生，已经四十多岁，他们的孩子到了读中学的年龄。不知道还会有哪一位老师带他们爬赛什腾山看中秋的月亮？

赛什腾的月亮！

2013年9月18日中秋节前夕写于印第安纳

风中的字

年三十,黄昏显得很短,一眨眼的工夫,就会迅速地完成了和夜色的交班。街上的行人已经不多,偶尔几个骑自行车的人匆匆赶着往家奔。这时候,谁不着急回家?暖暖的家里,年夜饭的香味正在满屋飘散呢。

我家街对面是潘家园市场,这一天,较往常的人满为患虽然清静了不少,但依然有市声喧嚣,就连便道上都有人摆摊,不过,卖的大都是过年的窗花、对联,也有一些自己书写的书法作品。这时候了,这些零星的小摊早都收拾好家伙什回家过年了。只有一个人在寒风中坚持到现在。

这是一个中年人,听口音是河北沧县人,沧县是我的老家,一听就能听得出来,便感到有些亲切。我在马路这边就看见了他,穿着一件枣红色的羽绒服,在便道隔离的栏杆前,他正在弯腰收拾地上摆着的东西。长长一溜儿的便道上，硕果仅存只剩下他一个人，显得格外醒目。在街这边看，他的身前是一座绿色的报刊零售亭，早已经挂上了门板，但绿色的亭子和他身后白色的栏杆，街树的枯枝，市场灰色的外墙，颜色艳丽的广告牌，这些静物和他组合在一起，构成了一幅画。如果作为新年画，怪有意思的。

我过了马路，除了地上还摊着两幅书法，他已经收拾好了东西，正准备要走。我匆匆瞥了一眼地上的两幅字，一幅隶书，一幅行草，尺幅都不小，没来得及仔细看，只是客气地和他打过招呼，知道卖的都是他自己写的书法作品。问了句今天卖的行情可好，他摇摇头说今儿不行，一幅没卖出去。又问这么晚了回沧县过年吗，他说在北京租有房子，全家今年都在这儿过年了。然后，彼此拜了个早年就分手了。寒风中，看见他的身影，显得有些孤独和凄清，怎么都感觉像是巴金《寒夜》里的人物。

办完事，我原路返回，天已经彻底黑了下来，路灯早亮了，倒悬的莲花一般，盛开在寂静的街道旁。路过报刊零售亭的时候，忽然看见门板上贴着两幅书法，在街灯的映照下，白纸黑字，非常打眼。看出来了，是刚才那个中年男人摊在地上的那两幅字，一幅隶书，一幅行草。仔细一看，隶书是四个横写的大字：龙马精神。行草是四句诗：箫鼓追随春社近，衣冠简朴古风存，从今若许闲乘月，莫笑农家腊酒浑。禁不住莞尔一笑，字虽然写得一般，但觉得有点儿意思。两幅字都和春节相关呢，一幅为马年祝福而写，一幅为春天到来而写。后一幅，是放翁诗的改写，改得风趣有神，有点儿功夫，并非等闲之辈。

这位老兄，一天没有卖出去一幅字，却索性把这两幅字留了下来，贴在报亭上，留给人观赏，也留于风抚摸，和即将燃放的鞭炮的欢庆。这是他心情的宣泄，也是他拜年的特殊方式，是个不错的创意。既然清风朗月不用一文钱买，那么，白纸黑字也可以无须一文钱卖，和大自然交融，一起过年迎春，是一种别样的境界呢。到潘家园来卖字画的人，多如过江之鲫，如他这样有如此创意的人，我还真的没有见过。

只是担心，不知道这两幅字能否熬过大年夜，明天一早，人们出门到各家拜年的时候还能否看得到？走过马路，禁不住回头又望了望，寒风吹过，报亭上的那两幅字在猎猎地抖动。

发小儿就是那把老红木椅子

发小儿,是地道的北京话,特别是后面的尾音"儿",透着亲切的劲儿,只可意会。发小儿,指从小在一起的小学同学。但是,发小儿比起同学来说,更多了一层友谊的意思在内。也就是说,同学之间,可能只是同过学而已,没有那么多的交情可言;而发小儿是在摸爬滚打一起长大的年月中有着深厚友谊一说的。比起一般拥有友谊的朋友而言,发小儿又多了悠长时光的浸透,因为很多朋友,是没有发小儿从童年到老年一直在一起那样漫长时间的。从这一点讲,发小儿和你在一起的时间,可能会比你和父母、妻子、孩子在一起的时间还要长久。

正是因为有时间这样的维度,童年的友谊,虽然天真幼稚,却也最牢靠,如同老红木椅子,年头再老,也那么结实,耐磨耐碰，漆色总还是那么鲜亮如昨，而且，有了岁月打磨过的厚重包浆，看着亮眼，摸着光滑，使着牢靠。事过经年之后，发小儿就是那把老红木椅子。

黄德智就是我这样的一个发小儿，不能和一般的小学同学同日而语。小学同学有很多，可以称为发小儿的，只能有一位或两位。我和黄德智从小一起长大，有六十多年的友谊。小时候，他家境殷实，住处宽敞，住在前门外草厂三条一个独门独户的小四合院里，在整个一条胡同里，那是非常漂亮的一个院子，大门的门楣上有镂空带花的砖雕，大门上有一副精美的门联：林花经雨香犹在，芳草留人意自闲。虽然看不大懂，但觉得词儿很华丽。

我家住西打磨厂，离他家不远，穿过墙缝胡同就到。为了放学之后学生写作业便于监督管理，老师把就近住的学生分配到一个学习小组，我和黄德智在一个小组，学习的地方就在他家，学习小组的组长，老师就指定他当。几乎每天放学之后，我都要上他家写作业，顺便一起疯玩。天棚鱼缸石榴树，他家样样东西都足够让我新奇。我第一次有了这样的感觉，同样都是过日子，各家的日子是不一样的。

到他们家那么多次，我从来没有见过他的爸爸，可能他爸爸一直在外面忙工作吧。每一次，出来迎接我们的都是他的妈妈。他妈妈长得娇小玲珑，面容姣好，皮肤尤其白皙，像剥了壳的鸡蛋。后来，我知道了，她是旗人，当年也是个格格呢。

她没有工作，料理家里的一切。她说一口地道的北京话，很和蔼客气，看我们一帮小孩子在院子里疯跑，也没有什么不耐烦，相反，夏天的时候，还给我们酸梅汤喝。那是我第一次喝酸梅汤，是她自己熬制的，酸梅汤放了好多桂花，上面还浮着一层碎冰碴儿，非常凉爽，好喝。

黄德智长得没有他妈妈好看，但是，和他妈妈一样白皙。和我们这些爱玩爱闹的男孩子不大一样，他好静不好动。他没有别的爱好，就是喜欢练书法，这是他从小的爱好。他家有一个老式的大书桌，大概是红木的，反正我也不认识，只觉得油漆很亮，像涂了一层油似的，即使阴天里也有反光。

那是我第一次见到书桌，因为我家只有一个饭桌，吃饭、写作业都在这个饭桌上。他家的书桌上常摆放着文房四宝，还有那么多支大小不一的毛笔悬挂在笔架上，也是我第一次见到。每一次写完作业，我们这些同学回家，可以在街上疯跑，或踢球打蛋，或去小人书铺借书看，他不能出来，被他那个长得秀气的妈妈留在屋子里，拿起毛笔写他的书法。

在学校里，黄德智不爱说话，默默地，像一只躲在树叶后面的麻雀，不显山不露水。但他的毛笔字常常得到教我们大字课的老师的表扬，这是让他最露脸的时候，我特别为他感到骄傲。我的大字写得很一般，他曾经送过一支毛笔和一本颜真卿的字帖给我，让我照着字帖写，他对我说，他很小就开始临帖了。

有一次，在少年宫举办全区中小学生书法展览，他写的一幅书法在那里展览了。我记得很清楚，是写得很大的一幅横幅，用楷书写的六个大字：风景这边独好。展览会开幕那天，我和他一起去少年宫，其实，我不懂书法，对书法也没有什么兴趣，黄德智送我的那支毛笔和那本字帖，我根本就没有动过。但是，有黄德智的书法在那里展览，我当然要去捧场。所以，去那里，主要是看黄德智这六个楷书大字。

那天的展览，我们班上的同学一个也没有去，常到他家写作业的学习小组里的人，一个也没有去。我挺不高兴的，替黄德智愤愤不平。他却说："你来了，就挺好的了！"这话，让我听后挺感动，我知道，这就是我和他发小儿之间的友谊。

看完展览回去的路上，天上忽然下起雨来，开始雨不大，谁想不大一会儿工夫，雨越下越大，我们两人谁也不想找个地方躲雨，一直往前跑。少年宫在芦草园，靠近草厂三条南口，便都觉得离黄德智家不远了，想赶紧跑到他家再说。但是，就这样不远的路，跑到他家的时候，我们都已经被淋得浑身湿透，像落汤鸡了。

他妈妈看见我们两人狼狈的样子，忙去找来黄德智的衣服，非让我换上不可。然后，又跑到厨房去熬红糖姜汤水，热腾腾的，端上来，让我们一口不剩地喝光。

雨停了下来，我穿着黄德智的衣服走出他家的大门，黄德智送我到胡同口，我又想起了刚才喝的那碗红糖姜汤水，问他:"都说红糖水是给生孩子的妈妈喝的,你妈妈怎么给咱们喝这个呀?"他笑着说:"谁告诉你红糖水只能是生孩子的妈妈喝?"我们两人都忍不住咯咯地笑起来。我从来没有看到过他这样开心地笑呢。

高中毕业,我去了北大荒插队,黄德智留在北京肉联厂炸丸子,一口足有一间小屋子那么大的大锅,哪吒闹海一般翻滚着沸腾的丸子,是他每天要对付的活儿。我插队回来探亲的时候到肉联厂找他,指着这一锅丸子说:"你多美呀,天天能吃炸丸子!"他说:"美?天天闻这味儿,我都想吐。"

可是,他一直坚持练书法,始终没有放弃。

我从北大荒刚调回北京那年,跑到他家找他叙旧,他确实没有放弃,白天炸他的丸子,晚上练他的书法。没过几天,他抱着厚厚一摞书来到我家,说是送我的,我打开一看,是人民文学出版社1957年版的十卷本《鲁迅全集》。他说,路过前门旧书店看到的,想我喜欢读书,喜欢写作,就买下了。我问他多少钱,他说二十二元。那时候,他每月的工资才四十多元,我刚要说话,他马上又对我说,接着写你的东西,别放弃!

如今,黄德智已经成为一名不错的书法家,他的作品获过不少的奖,陈列在展室里,悬挂在牌匾上,印制在画册中。前几年,黄德智乔迁新居,我去他新家为他稳居。奇怪的是他的房间里没有看见他的一幅书法作品,我问他,他说觉得自己的字还不行。他的作品一包包卷起来都打成捆,从柜子的顶部一直挤满到了房顶。他打开他的柜子，所有的柜门里挤满了他用过的毛笔。打开一个个盛放毛笔的盒子，一支支用秃的笔堆在一起，如同一座小山。他说起那些笔里面的沧桑，胜似他的作品，就如同树下的根，比不上枝头的花叶漂亮，却是树的生命所系，盘根错节着日子的回忆。其中一段，属于我和他的小学回忆。

一个人，经历了人生种种，会有很多回忆，但发小儿这一段回忆，无与伦比。我说过，发小儿就是那把老红木椅子。一个人，如果老了之后，还能和一个或几个发小儿保持联系，是极其难得的。哪怕你老得走不动道了，有发小儿在，你就有了一把这样结实可靠的老红木椅子，可以安心舒心地靠靠，聊聊天，品品茶，还可以品出人生别样的滋味。

2019年12月22日于北京

叁

费城浪漫曲

邮递员每天来两趟，我每天去大门口守候两次。

没有她的信件，邮递员笑笑对我摇着头，骑上绿色的自行车绝尘远去。

思念和等待一起绵绵长长，让人心焦。

那种感情，第一次出现在我的心里。

花布和苹果

那天开会的时候,随手翻邻座带的一本书,看见里面有一首题名为《一块花布》的短诗,作者叫代薇,诗写得很有意思。她说如果你爱上一块花布,"还必须爱上日后:它褪掉的颜色,撕碎的声音。花布的一生,除了洗净和晾干,还有左边的灰尘,右边的抹布"。

我明白,花布就是人,而且应该是女人。花布颜色鲜艳的时候,正是女人沉鱼落雁、闭月羞花的最佳状态,一般容易讨得男人的爱。但当花布的颜色褪尽,在日复一日一次次的洗净晾干之后,最后落满灰尘,变成抹布的时候,男人还能不能坚持最初的爱,就难说了。随手把抹布抛进垃圾箱,然后另寻一块新的花布,是如今一些男人司空见惯的选择。

我想起童年住过的大院里,曾经有一对夫妇,男的是一位工程师，女的是一位中学老师。他们刚刚搬进大院来的时候，也就三十来岁，我还没有上小学，虽然懵懵懂懂不大懂事，但从全院街坊们齐刷刷惊艳的眼神中，看得出来女教师非常漂亮，男工程师英俊潇洒，属于那种天设一对地造一双的绝配，每天蝶双飞一样出入我们的大院，成为全院家长教育自己子女选择对象的课本。

那时候，最让全院街坊们羡慕而且叹为观止的是，女教师非常爱吃苹果。爱吃苹果并不是什么新奇的事，苹果谁不爱吃呀？关键是每次女的吃苹果的时候，男工程师都要坐在她的旁边亲自为她削苹果皮。削苹果皮，也不是什么新鲜的事，关键是每次削下的苹果皮，都是完完全全地连在一起，弯弯曲曲地从苹果上一圈圈地垂落下来，像是飘曳着一条长长的红丝带。

这确实让街坊们惊讶。不仅惊讶男工程师削苹果皮的水平，也惊讶他有这样恒久的坚持，只要是削苹果，一定会出现这样红红的苹果皮长长不断的奇迹。每一次，街坊们从宽敞明亮的玻璃窗前看到这温馨的一幕时，总能够看到女的眼睛不是望着苹果，而是望着丈夫，静静地等待着，仿佛那是一场精彩的演出，最好总不落幕才好。街坊们总会说，这样漂亮的女人，就应该享受这样的待遇。

我中学毕业的时候，这一对夫妇五十多岁了。那一年开春的时候，倒春寒，突然下了一场雪，雪后的街道上结了冰，女教师骑车到学校上课，躲一辆公共汽车，摔倒在冰面上，左腿摔断了骨头。一个来月以后，从医院里出来，腿上还打着石膏。是男工程师抱着她走进我们的大院，我们的大院很深，一路上，穿过东侧院那条长长的甬道，他们的身上便落有一院人的目光，和男工程师脸上淌满的汗珠一起闪闪发光。

那一年的夏天，她的腿还没有完全好，伤筋动骨一百天嘛，"文化大革命"来了，她教的那些中学生闯进我们的大院，硬是把她揪到学校去批斗。等她狼狈不堪地从学校回来，她的那条还没有伤愈的左腿坏得更厉害了。"文化大革命"结束了，她的腿彻底残疾了。每天再看到她的时候，都是丈夫搀扶着她出出进进。她一下子苍老得那样的厉害，当年漂亮的模样，仿佛被风吹尽，再也看不出来了。

他们夫妇有两个孩子，都和我一样前后脚到农村插队，等他们和我一样从农村插队回到北京的时候，他们夫妇已经是快七十的人了。那时，她已经患上了肝癌，她和她的那两个孩子都还不知道，知道的只有她的丈夫。

那时候，北京城里的苹果只有到秋天苹果上市时才能够买到。而且，那时也没有现在红星、富士或美国蛇果那样多的品种，只有国光和红香蕉、黄元帅。每年秋天苹果上市的时候，我们常常看到她家玻璃窗前那熟悉的一幕，男工程师为她削苹果，她瘦削得有些脱形，还是如以前那样静静地坐在旁边，望着自己的丈夫。只有这一幕重复的场景，仿佛时光倒流，让街坊们又能够想起当年她那年轻漂亮的模样。可谁知道她已经是病入膏肓的人了呢？

细心的街坊看出，男工程师削的苹果，一定是红香蕉，这没什么可奇怪的，这种苹果比国光的个儿大，比黄元帅颜色红，口感也甜，而且果肉比较绵软，适合老年人的牙口。男的手已经有些颤抖，这也没有什么可奇怪的，这是人老的原因。让人们奇怪的是，这么多年过去了，男的一直坚持给女的削苹果，更让人们奇怪的是，削下的苹果皮居然还是完完全全地连在一起，弯弯曲曲地从苹果上一圈圈地垂落下来，像是飘曳着一条长长的红丝带。

女教师走得很安详，按照我国传统讲究的五福，即寿、富、康、德和善终，她的一生虽然算不上富贵、健康，也说不上长寿，却是占了德和善终两样，应该算是福气之人。

送葬的那天，她以前在中学里曾经教过的很多学生来到她家里，向她的遗照鞠躬致哀，有的学生甚至掉了眼泪。这些学生中，也有"文化大革命"中揪斗过她的学生。如今，他们也都老了，白发斑斑。

那天，我也去了她家，看见她的遗照前摆着两盘苹果，每盘四个，每个都削了皮，那皮都还是完完全全地连在一起，摆放在苹果的旁边，垂落下来，像是飘曳着一道道挽联。

因为读到了《一块花布》这首诗，让我想起了这段往事。

花布的一生，有簇新鲜艳的时候，也有颜色褪尽和声音撕碎的时候，也有在日常琐碎的日子里一次次的洗净晾干之后，最后落满灰尘，变成抹布的时候。爱上花布是容易的，始终如一爱花布的一生，如同始终如一能够为自己的爱人削苹果，而且把苹果皮削得一直都完完全全地连在一起，是不容易的。

想起这样的苹果，对照着《一块花布》这首诗，让我感到，对于爱情和人生，花布从鲜艳的布料到抹布的一生，如果像是散文，象征着现实主义的话；那么，始终如一能够将苹果皮削成一条长长不断线的红丝带，则像是诗，象征着浪漫主义了。我们需要向花布示爱，更需要向苹果致敬。

2007年6月7日于北京

费城浪漫曲

费城市中心有座公园,颇有点像巴黎的卢森堡公园,特别是一方水池很像卢森堡公园里的美第奇喷泉,只是更小巧袖珍。紧邻费城寸土寸金的商业街,能有这样一块闹中取静的公园,要归功于当初城市的规划者。

夏天的公园里,绿荫如盖,一下子凉快了许多。是个周末的黄昏,我走进公园的时候,发现人比往日多,今年夏季费城奇热无比,人们都到这里来乘凉了。沿着甬道走进去,一路看见好几位街头艺人,在演奏萨克斯和吉他,或自吟自唱,他们的身边放着一个小纸盒,或自己的帽子,供游人往里面放钱。这算是这座公园的一景吧。附近居住的人,逛商业街逛累的人,都愿意到这里来,顺便听听他们的卖唱,他们的技艺正经不错呢。

走到公园深处这座水池前的时候，看见两个华人小伙子正在那里演奏小提琴，听不出是什么乐曲，旋律如怨如诉，格外幽婉抒情，二重奏的效果非常好听，起伏的鸽子一样，在身边翩飞萦绕。忍不住坐在水池边倾听，才发现四周已经坐着不少人。好听的音乐总能如磁铁一样吸引人。

起初，我以为和刚才看到的卖艺者一样，也是两个街头艺人，但我很快否认了自己的这个猜测。两个小伙子都穿着笔挺的西装，白衬衫配黑裤子、黑皮鞋，非常正规的演出服，根本不像刚才看见的卖艺者穿戴随便，有的简直就像嬉皮士。而且，他们的身边也没有纸盒或帽子，如果是卖艺者，人们往哪里给他们放钱呢？

那么，他们为什么要到这里演奏？便猜想或许是音乐学院的学生，利用周末到这里来练练手，为将来的成功先奏响一支序曲？

就在这时候，忽然看见一男一女两个白人走到演奏者前面小小的空场里。小提琴声如此缠绵悱恻，谁都想跳进乐曲旋律的旋涡里，就像这样炎热的天气里跳进身后的水池中清凉一番，所有的观赏者没有任何反应，仍然关注于小提琴。我仔细打量了他们一下，两人都很年轻，男的长相英俊，女的身材秀丽，只是和两个演奏者相比，他们的穿戴实在太随意了，男的穿着短裤和人字凉鞋，女的穿着豆青色抹胸连衣裙，他们每人的手里还各牵着一条小狗。心里想，一定和我一样，也是来逛公园的，听到这样迷人的音乐，忍不住跳进去翩翩起舞。

小提琴声还在轻柔地飘荡着，仿佛因为有人走到他们面前捧场而拉得格外来情绪，声音显得越发柔肠绕指，拉得人心里都跟着一起绵软得要融化了。只看那一对男女手牵着手，来回转着圈，轻轻地随着乐曲舞动了起来。由于节奏很舒缓，他们的步子如同踩在云朵里，轻柔得几乎看不出来。然后，女的把自己的牵狗绳交给了男的，本来一边一只的小狗，聚拢在一块，和他们的主人一样欢快地亲热起来。女的则腾出了两只手，伸了出来，娥菲丽娅的花环一样，轻轻地环绕在男的脖子上，一双天蓝色的眼睛，那么近地望着男的。

人群里有人叫了一声：吻一个！

男的很矜持，微微地笑了，弯下了头，吻了一下女的。人群里响起了掌声。女的忍不住紧紧地拥抱着男的，头靠在他肩上，一头金色的长发如金色的瀑布一样流泻下肩头。

如果是一般人，这时候是恰到好处的高潮，有音乐，有掌声，有热辣辣的夕阳，该退场了。谁想到他们两个人却有些恋恋不舍，就像两只戏水的鸳鸯，舍不得离开这样清澈的水池。当女的头从男的肩头上抬起来，男的扶着她纤纤细腰，轻轻地兜了一圈，长摆的连衣裙兜起一个漂亮的弧。然后，他们紧紧地拥抱，又密密地接吻。掌声再一次响起。那一刻，我以为周围的观众在起哄，我甚至以为是不是在拍摄电影。但我看了一下，人们很真诚地望着他们，不像我们这里爱起哄架秧子，树丛中也没有摄影或摄像机。而两位小提琴手似乎没有受到任何干扰，一如既往地拉着小提琴，琴声没有中断，如同两泓长长的泉水潺潺地流淌。

这一对男女如此往复了好多次旋转拥抱和接吻之后，男的把自己手指上的一枚铂金戒指戴在女的手指上时候，最后一次掌声响起来。我和在场的所有人此刻都明白了，一切是他们的安排，地点是他们选定的，琴手是他们请来的，效果是他们设想的，只有夕阳和我们是不请自来的。他们把自己的求婚仪式别出心裁地放在了这里，放在了小提琴幽幽的旋律里，一定让他们自己感动了。我都有些感动，对比我们这里豪华宴席、高档名车，乃至九百九十九朵玫瑰式的奢靡却千篇一律的示爱求婚或结婚的仪式，他们的朴素和新颖，需要智慧，更需要对爱的理解。

我看到，他们手挽着手向两位小提琴手走去，琴手收弓了，他们笑着向琴手握手致谢。夕阳的余晖，正射在他们的脸上，还有那枚戒指和两把小提琴上，跳跃着金子般的光亮。

2010年9月1日写于新泽西

樱桃沟

小孙子八岁半,暑假里,我陪他第一次去香山的植物园。一进大门,直奔卧佛寺,要去看大佛。半路上,路过樱桃沟的路口,两旁树木树荫掩映,一片浓郁的墨绿色。由于天阴,没有一点儿阳光,路的深处显得有些迷蒙。没有一个人影,清静得犹如一个谜,不知里面藏着什么秘密。

路口有一块指路牌,上面写着"樱桃沟",他指着牌子问我:往这里面走,有什么?是有樱桃树吗?

我答不上来,因为我没有去过樱桃沟。

本来是要去的。我读高三那一年的暑假。

小孙子的问话,问得我一下有些恍惚。已经过去了五十四年的往事,忽然兜上心头。

那时候,我有一个女朋友,是从小一起长大的发小儿,中学不在一所学校。高中每一年的寒暑假，几乎每一天，她都会来我家找我，一起复习功课，或者天南海北地聊天。高二那年的暑假，她黄鹤一去无消息，让我枯坐我们一起聊天的饭桌前，苦等了她一天又一天。

那时候，没有电话，更没有手机，所有的联系方式，只能靠信件。邮递员每天来两趟，我每天去大门口守候两次。没有她的信件，邮递员笑笑对我摇着头，骑上绿色的自行车绝尘远去。思念和等待一起绵绵长长，让人心焦。那种感情，第一次出现在我的心里，那样陌生，又那样新奇，虫子一样咬噬着心。我遮掩着，又苦恼着，按下葫芦起了瓢，心上长了草。一直熬过了暑假。从来没有觉得暑假是那样的漫长。

暑假过完，开学之后没几天，我接到了她寄到学校来的一封信。信中告诉我暑假里她陪她的父亲养病，住在香山疗养院里，那里离樱桃沟很近，她天天陪父亲到樱桃沟去散步。她说樱桃沟很美，树特别多，花也特别多，还有从山上流下来的泉水，顺着樱桃沟一直流淌下去。

信里面还夹着两片已经有些干枯的树叶。我认不出是什么叶子。或许就是樱桃树的叶子吧。

樱桃沟，第一次出现在我们的通信里，也是第一次出现在我的生活里。那时候，我见识浅陋，西郊这些可以游玩的地方，除了颐和园，连香山都没有去过。

小孙子拉着我的手，还在念叨着樱桃沟：爷爷，咱们今天能去樱桃沟吗？看看里面到底有没有樱桃树！

我说：行，咱们先去看卧佛，回来就去樱桃沟，爷爷和你一样，也从来没去过呢！

而今，樱桃沟就近在眼前。仿佛五十四年前的记忆复活。山川依旧枕寒流，只是人世几回伤往事矣。

高三开学不久接到她的那封信后，我没有给她回信。以前，接到她的每一封信，放学后同学们都离开教室，我都会坐在座位上给她及时回信，然后在回家的路上，路过邮局，买一张四分钱的邮票贴在信封上，当天寄给她。

其实，我的生气是没来由的。她陪的是她的父亲，难道你比她的父亲还要重要吗？中学时代，有时心真的小如针鼻儿。

开学后的第一个星期天，她出现在我的家里。没有收到我的回信，她知道我有些生气。她对我解释说：我住在那里，附近找不到邮局。然后，她对我说，明年暑假，我们一起去樱桃沟好吗？

这是个好主意，是破解一切烦忧的一剂良药。我立刻破涕为笑。

暑假，我们就要高中毕业了。中学时代，就要告别了。那时候，我们的学习成绩都不错，我的梦想是考北大，她的梦想是考北航。暑假，让我有了一种跃跃欲试的期待。樱桃沟，成为我们青春成长一个重要节点的象征。

可是，没有等到第二年的暑假，"文化大革命"爆发了。

我们分别上山下乡，虽然都是去了北大荒，一个在最西头，一个在最东头，天远地远，断了音讯，樱桃沟，成为一只断线的风筝，不知飘荡在何方。

五十四年过去了，就像王洛宾歌里唱的那样，青春像小鸟一去不飞还。我没有去过樱桃沟。也曾有朋友邀约一起去樱桃沟玩，但是，我都没有去。樱桃沟，像一只飞走了的小鸟。对于我，樱桃沟，只属于青春，属于回忆。

那天，从卧佛寺出来，天阴沉得格外厉害，还没有走到樱桃沟路口，已经是雷声隐隐，风雨欲来。我拉着小孙子赶紧往外跑。路过樱桃沟路口的时候，豆粒大的雨点，噼里啪啦地打了下来。忽然，小孙子指着路口说：爷爷，你看，还有人往里面跑呢！咱们也去里面看看吧！我看见了，是一对年轻的男女，正一边跑一边抖开塑料雨衣往身上披，迎风张开的雨衣，像小鸟飞动的翅膀，能听见他们咯咯的笑声，很快就消失在樱桃沟烟雨迷蒙的深处。

我对小孙子说：咱们不去了，大雨马上就下来，快跑！

如果是五十四年前，我们也会像这一对年轻人一样，迎着再大的雨，往樱桃沟里面跑的。那时候雨中的樱桃沟，应该就像电影《雨中曲》一样，有音乐，还有樱桃树。

2018年8月16日于北京

桂花六笺

一

小时候，我住的大院里，曾经有一株桂花树。那时候，北京的院落里，一般种些海棠、丁香、石榴、枣树之类，很少见种桂树的。秋天时，它开花，花很小，藏在树叶间，不仔细看，几乎看不见。院里的街坊曾经用它加糖煮沸做糖桂花。但是，在我的记忆里，似乎从来没有闻到过它的花香。这很奇怪，因为在书中看过介绍，说桂花的香味是很浓郁的。

那株桂花树没种几年就死了，大概水土不服，或者在北京的大院里很难养。不过，这只是我的猜测。我们大院里曾经有三棵枣树，据说，是前清时候的老树了。还有两棵丁香，一棵开白花，一棵开紫花。这几棵树，先后也都死了。

如今，我们的大院都没有了。前几年，拆了。

二

到北大荒插队的第三年，我第一次回北京探亲。和当时在青海油田当修井工的弟弟约好，一起去十三陵游玩。正是秋天，一进十三陵景区大门，便闻到一股浓郁的香味。我从来没有闻到过这样的香味，那香味，真的好闻，直进肺腑，翻着跟头似的，泛着冲天的香气，当时，想到的一个词，就是沁人心脾。

再往里走，看到甬道两旁，摆着两排花盆，里面种的是桂花，树都不高，但那香味，真的是格外浓，浓得像一杯酒。没有风，却像是被风吹着，紧跟着你，缭绕在身旁，久久不散。

别的树开花的时候，很多花是很漂亮的，比如梨花如雪，桃花似霞，樱花如梦，榴花似火，合欢花恰如绯红的云彩……但是，往往越是开得漂亮的花，越没有什么香味。

也曾经闻到过有些树的花香，印象中最为芬芳的是丁香。但是，和桂花的香味相比，还是淡了些。如果丁香像是一幅水彩，桂花则像是一幅油画，最起码也是一幅水粉。丁香的花香雅致，桂花的香气撩人。

很久以后，就是如今过去了四十多年了，只要一想起那年十三陵的桂花，那股香味，似乎还缭绕在身旁。

那一年，我正在恋爱。

结婚的前一天，姐姐派她的女儿赶到北京，带给我们一条羊毛毯做新婚礼物。那天晚上，我们两口和姐姐的女儿，还有母亲四个人吃了一顿晚饭，算是全家的庆祝。我在街上买了一瓶桂花陈酿。

三

1986年，我写了一本长篇小说《早恋》。写的是中学生的感情生活。不少中学老师不以为然，视若阴霾。但是，江苏常熟的一位中学的班主任，却特意将这本书推荐给他的一位女学生。这位女学生走出了青春期所谓"puppy love"（小狗之恋）的旋涡之后，给我写了一封信。

那时候，她正读高中。从此，一直通信到现在。在所有和我通信的人中，包括亲人和发小，或一起插队的朋友，都没有她和我通信的时间长。在我的人生中，算是一个奇迹。

更奇迹的是，在她和我通信第二年的秋天，她的家乡桂树开花的时候，她在信封里夹一些晾干的桂花寄给我。从她读高中开始，一直到工作几年以后，一直坚持了好多年。没有任何一个人，这样给我寄过桂花；我也从未想起过，给任何一个人这样寄过桂花或其他的花。或许，这只是带有孩子气的举动吧，人长大以后，会羞于此，或不屑于此吧。

但我很感动。每一年的秋天，江南三秋桂子盛开的时候，接到她寄来夹带桂花的信，没有拆开，就已经闻到了桂花的香味。

其实，晒干的桂花是没有什么香味的。我却每次都能闻得到花香。

前两年的秋天，她到北京出差。坐高铁从常熟出发到北京站，换乘地铁到我家，我去地铁站口接她，看她沿着滚梯上来，手里提着一个竹篓，里面装满的是螃蟹。是秋季阳澄湖个大肉肥的螃蟹。

我谢过她，心里忽然想起的是，以往每一年这时候她寄给我的桂花。算一算，快三十年过去了。我老了，她也人进中年。

桂花！

四

在戏剧学院读书，教授中国现代文学史的曹老师，讲郁达夫，问学生谁读过郁达夫的小说《迟桂花》。我举手说我读过。曹老师让我讲讲小说的内容，我答不上来，只记得是一男一女在秋天桂花开时上山的故事。曹老师宽厚地让我坐下，自己讲了起来。

还是高中时候读过的书，中间隔去了一个"文化大革命"，晚了整整一个轮回十二年，才上的大学，是真正的"迟桂花"。

重读《迟桂花》，才发现小说中提到杭州的满觉陇桂花最出名，小说的男主人公和女主人公，一起上的是杭州的翁家山。郁达夫写了这样几句："在以桂花闻名的满觉陇里，倒闻不到桂花的香气……可到了这里，却同做梦似的，所闻到的尽是这种浓艳的气味。"他说这种气味："我闻到了，似乎要引起性欲冲动的样子。"

这后一句的比喻，是典型的郁达夫的语言。我再未见过用这样的比喻形容桂花的香气。

今年中秋前后，一连十天住在杭州。前一段时间，桂花打苞的时候，连下阴雨，打落好多花瓣，没落的花瓣，委屈地团缩着，影响了开放。所以，不要说满觉陇的桂花，就是西湖沿岸的桂花，都没有闻到郁达夫所形容这样的香气了。

郁达夫的小说写得好，旧体诗写得也好。读他的旧体诗，有这样一联："五更衾薄寒难耐，九月秋迟桂始花。"说的还是迟桂花。看来，他对迟桂花情有独钟。在小说和诗中，他借花遣怀，说迟桂花开得迟，却香气持久。这是他小说的意象，是我们很多人心底的向往。

五

我见过园林中种植桂花树最多的，在四川新都的桂湖。之所以叫作桂湖，就因为桂花树多。绕湖沿堤一圈，乃至满园，到处都是。相传这些桂花树，都是当年杨升庵手植。这样的传说，我是不信的。

杨升庵是新都的骄傲。杨在京为官时刚正不阿，因对明武宗、世宗两代皇帝直言进谏，遭受贬黜，发配充军，最后客死他乡，如此颠沛流离的命运，令人唏嘘，也敬重。植桂花树于满园之中的传说，便让人坚信不疑。桂花树，其实是人们感情的外化。

如果赶上桂花盛放的时节，桂湖就像在举办一场新嫁娘隆重的婚礼，花香馥郁，如同婚轿和贺喜的人群，从入门处开始，一直拥挤着，摩肩接踵，水流一样，弥散到园子里四面八方的角角落落，处处都是桂花之香。银桂、金桂和四季桂，仿佛是小姑娘、少妇和老夫人，齐齐整整地都跑进园中看新娘，个个裙袂叮当，衣襟带香，沾惹得空气中都是散不去的香味。同别的花香相比，桂花要香就搅得周天香彻，绝不做遮遮掩掩，不屑于扭扭捏捏的小家子气和故作姿态的含蓄状，是花中的烈性子，迸发如潮，按捺不住，如烈酒。这一点，暗合了杨升庵的心性与品性。

我到过桂湖多次，见过桂湖这些密密麻麻的桂花树。可惜，从未见过这样的桂花盛景，闻到这样曾经浓烈的香气。

六

今年重阳节之夜，住在广东肇庆的鼎湖山庆云寺脚下。住房是座围合式的二层小楼,住在二楼,没上楼,就闻见了扑鼻的花香,不用问,只有桂花才会有这样醉人的香气。果然,住房的窗前,有一棵粗大的桂树,从一楼冲天直长到二楼的天井,看样子,足有百年树龄的老树。是一棵金桂,金色的花朵缀满枝叶间,很是醒目。密集的金桂花散发出的香气,可以用得上郁达夫的形容词了,真正称得上是浓艳。

夜间下起大雨,噼噼啪啪的雨点,敲打得房顶和玻璃窗,像擂打着小鼓,惊醒了睡梦中的我,心里暗想,这样大的雨,窗前的金桂,花落知多少,该是一地零落。

早晨起来,推门一看,金桂花果然落了一地。但是,香气居然依旧扑鼻。抬头看看树上,一夜大雨,那样多的落花,枝叶间还有那么多的桂花,金灿灿的,沾着晶莹的雨珠,和地上的落花相互呼应着,一起散发着一股股的香气。那香气,配得上郁达夫说的"浓艳"二字。

想起放翁的一句诗:"名花零落雨中看。"鼎湖山这棵金桂老树的落花,也是名花,是我见过的香气最浓艳的名花。

2018年12月27日改毕于北京

踩影子

七星石旁边，有一个相亲角，每个周末，那里都人头攒动。即使冬天，也是人满为患。在远处，听不到人语喧哗，只见花花绿绿的衣服如花影飘浮，电影里的默片似的，在夏日的绿荫蒙蒙中，显得有些迷离，在灰白色的七星石的掩映中，有些像是海市蜃楼。

来这里的都是父母为自己的儿女相亲的。尽管他们明知道，如今的儿女，早不稀罕甚至反感这种类似隔山买牛一般过于老套的相亲方式，但他们依旧顽固地坚守在这里，不为自己的儿女找到理想的对象，绝不鸣锣收兵。如今的年轻人，爱去上电视里的《非诚勿扰》节目，更爱上网上找对象，谁还傻了吧唧的像这帮老头老太太一样，拿着照片，写着年龄、学历、爱好、身高、住房、车辆之类一长串的介绍，像卖货物一样，跑到这里兜售?

其实,跑到这里来的父母,也实在是出于无奈,儿女的年龄都不小了,要不就是已离异,要是对象很容易找到,早就花好月圆了,谁还愿意跑到这里来?只是,皇上不急太监急,眼瞅着人老珠黄,孩子跟没事人似的,还以为青春不老,大树常青,自己一掉眼泪,立刻还会像以前一样,有很多人捧起香罗帕接着呢。当父母的能不心急得跟火上了房一样吗?

很早以前,天坛里有个英语角,那是在粉碎"四人帮"不久的时候,知识升温并升值的新时代,出国潮开始如桃花水涌动,年轻人学习英语的热情和搞对象一样高涨。后来,英语角渐渐冷清,乃至彻底消失,但代之而起的这个相亲角,生命力比英语角长。不知是年轻人如风中的浮萍,容易心思浮动,还是老人的耐性比年轻人更强些,让这个相亲角顽强挺立在这里。

不过,我总觉得相亲角紧挨着七星石,不怎么吉利。七星石是陨石,不知何时从天坠落,成为没有生命的石头。相亲,恋爱,怎么也应该找个生机勃发一点的地方才是。

秋天里的一个上午,我去了相亲角。我的孩子早已成家,我并没有任务压身,纯粹是看个新鲜。满地的照片、简历,有的还把孩子画的美术作品、获过的奖状摆了出来。一位六十多岁的妇女坐在小马扎上,看我走过来,立刻起身,问我:"您家的是男孩,还是女孩?"

我慌不择言，脑子里忽然闪过弟弟的孩子的影子，他还没对象，便随口说了句："男孩。"

"正好。您是北京人吧？"

"是。"

"多大了？"

"三十七了。"

"正好。正好！您看看，这是我闺女的简历。"

说着，她递给我一本厚厚的简历。我好奇地翻看，是北京人，大学研究生毕业，三十二岁，离异，带有一个三岁的女儿……我这才注意到，她身边还有一个扎着羊角辫的可爱的小姑娘，坐在另一个马扎上，玩乐高。

弟弟的孩子虽然没有对象，却坚决反对这样的介绍。他父母给他介绍的对象多得快赶上一个加强连了，他是连见都不见的。我赶紧合上简历，递还她，很对不起地说了句："再看看，再看看！"然后，夺路而逃。

相亲角在绿树下，排成几排，并不喧闹，看起来比较安静，水波不兴，内含的焦虑与焦急，在那些照片和简历之中，暗流翻涌。来的大多数人，大概和我一样，看看的多，真正有意的少，"成交"的就更少。那些为自己儿女相亲的父母，大多也见怪不怪，并不急于求成，摆出一副久经沧海、愿者上钩、打持久战的样子。可能是常来相亲角，彼此都已经很熟悉了，没人光顾的时候，他们相互聊天解闷，有的坐在那里打起毛线活儿，想着自己的心事。

转了一圈，又回到原处，看见那个女人正在和她的外孙女游戏。那是我小时候玩过的一种游戏，我们叫作"踩影子"。她们祖孙俩站在太阳地里，姥姥不停地跑动，留在身后的影子不停地在动，小外孙女跟在后面不停地用脚踩，总想踩着影子，却总也踩不着。她们祖孙俩乐此不疲，一个劲儿地叫着，跑着，踩着。

婚礼现场

在美国，看到很多结婚的现场，新娘婚纱白色曳地长裙，新郎漂亮的笔挺西装，伴郎伴娘，还有小伴郎伴娘，都是衣着鲜艳。他们簇拥着，欢笑着，跑着，或像是踏着《婚礼进行曲》的节奏缓缓地走着，如同盛开并像是长了脚的移动的鲜花，不停地变换着身后的背景，在很多地方上演着这样童话剧般的一幕幕。

只是，他们的婚礼现场，不像我们这里，一般都是在大饭店，请来婚庆公司专业的婚庆司仪主持。约定俗成，却也千篇一律，热热闹闹吃吃喝喝的趋同性，彼此仿照攀比，让我们飞蛾扑火一般乐此不疲。

他们的婚礼现场，很多是在教堂。当然，这和他们的宗教信仰有关，而不像我们有的婚礼现场也选择在教堂甚至是外国的教堂，却和信仰无关，只图新潮时髦。引我兴趣的，并不是教堂的婚礼现场，而是他们选择的多样性，不拘一格，随意而富有创意。其中不少是在公园的草坪上，在大学的校园里。曾有些小肚鸡肠的猜想，这大概是费用最便宜的选择了，清风朗月，不用一文钱。但又一想，公园还是校园，满目的花草树木，清香缭绕，纯净自然，是饭店里酒肉香味无法比拟的。婚礼的本意，并不是要异化成简单的一顿吃喝。更何况校园永远和青春联系在一起，新郎新娘不少刚刚离开大学校园不久，婚礼本身就是青春的盛典，校园的风景，让他们想起曾经的以往，小轩愁入丁香结，幽径春生豆蔻梢；也让他们向往年老时旧地重游的以后，远客岂知今再到，老树犹记昔相逢。

在纽约的中央公园，在芝加哥的格兰特公园，在新泽西的普林斯顿大学，在布鲁明顿的印第安纳大学，我都看见过很多对新郎新娘手牵着手，漫步在那里的花草丛中或林荫道上。前面有摄影的人忙着为他们拍照，后面跟着一长溜儿伴郎伴娘和参加婚礼的队伍，像一条蜿蜒而缠绵的游龙。很少有见到人上前去凑热闹围观，大家只是站在远处为他们默默地祝福。再远处，有时还会意外出现有身着古典服装的乐手。在普林斯顿大学，我就看到一位号手，笔直地站在那里，为他们吹奏长号送行。那是他们特意请来的，号声悠远而绵长，尾音消失在绿荫之中，仿佛都化为了绿色的精灵，环绕着他们，弥漫在整个校园。那真的是非常美的一幕。

他们的婚礼现场，有的还选择在图书馆。这是一个很特别的选择，起码在我看来，还从来没有见过这样的选择。美国经济危机以来，政府为公共图书馆的财政投入减少，图书馆为增加收入而开辟婚礼现场空间，为这样的选择创造了客观的条件。但是，要我来说，这真的是一个不错的选择。让书香陪伴婚礼，是剑配鞘马配鞍葡萄美酒配夜光杯的绝配。让满架满楼的书籍见证婚礼，是别致却有力无声却有韵律的见证。那里的每一册图书，都是他们的伴郎伴娘，是他们的朋友宾客，是他们的见证人和守护符。

在印第安纳波利斯的公共图书馆，我幸运地见到这样动人的一幕。婚礼在周日下午五点开始，秋日的阳光非常的温暖，透过图书馆阔大的玻璃窗照射进来，折射出七彩的光晕，有些像是从教堂里彩色玻璃窗透射进来的，却比教堂的阳光明亮而灿烂。这个图书馆建得非常漂亮，一楼借阅处前宽敞的大厅，为婚礼现场提供了绝佳的空间。它的一个侧面的墙上有漂亮的浮雕，另一侧则是从天窗垂落而下的一面面装饰用的蓝色旗子，成为这一天庆祝婚礼的旗子，那样巧合，又那样恰如其分，是婚礼现场从未有过的背景。阳光在旗子上面跳动着耀眼的光斑，像是活了一样，鱼一样张着无数的小嘴，喁喁地吟唱着无字诗和无声的音乐，为婚礼默默地伴奏。我到的时间还没到五点，婚礼现场还在紧张的布置当中，一台台圆桌上铺上白色的桌布，主席台也铺着白色的地毯，幕布也是白色的，台前的气球也是白色的，四周用白色的镂空枝形的装饰雕栏围起，一切都显得那么的圣洁，犹如白色的圣诞。

美国的婚礼现场，真有些五花八门，甚至有些无孔不入。还是在印第安纳波利斯，还是同一天，不过是在晚上，一对黑人新郎新娘的婚礼，居然在市中心的一个mall里举行。这个mall很大，二楼有一道封闭的空中走廊，连接着下面两条古老的街道。婚礼现场就在这个空中走廊里。两侧的窗户映彻着灯火璀璨的街景，走廊的尽头是琳琅满目的橱窗和川流不息的人群。空中走廊外喧嚣的市声，走廊内来来往往纷杂的脚步声，环绕立体声一般，荡漾在婚礼现场，他们似乎图的就是这份热闹与嘈杂劲儿，不图一般婚礼的庄严神圣，而愿意将婚礼拉下神坛，和世俗拥抱。

最有意思的是，隔一条街，便是市中心的广场，高高的士兵水手纪念碑前的台阶上，站着合唱团的人群，露天音乐会就要开始。当一队一律身穿玫瑰紫的裸肩长裙的黑人姑娘，和一律黑色西装的黑人小伙，簇拥着一对黑人新人，穿过人流如鲫的街道，爬上这空中走廊的时候，广场上的合唱曲正在响彻云天地唱起，荡漾在这座城市的夜空。

还有比这更荡气回肠的婚礼进行曲吗？

美国小城里的巴黎小馆

布鲁明顿是一座小城,只有六万人口,一半是印第安纳大学的师生。别看城小,到晚上和周末,城中心照样人满为患。特别是这几年来这里留学的中国学生见多,大街上,中国人的面孔多了起来,不仅有学生,还有家长。所以,周末和假期,城中心的餐馆常常满座。这一个周末的晚上,我们从城中心一直往外走,快走到城边,在农贸市场的边上,才发现一家餐馆里有空座位。

这家餐馆叫作"小餐馆"。走进去,餐馆的老板笑吟吟地走了过来,招呼我们入座。餐馆里,灯光幽暗,只有桌子上仿古的台灯如烛,抬头一望,发现餐馆是老厂房改建的,房顶上粗大的工业管道,恐龙骨架一般赫然在目。

不一会儿,老板走了过来,是一个有些弓背的小老头儿,手里拿着一个点餐记录的小本,显然是要问我们吃点儿什么。但是,和其他餐馆的服务人员不同,他没有先问我们吃什么,而是随手将旁边餐桌前的一把椅子拉过来,自己坐在我们的面前,第一句话,先对我说了句英语,我没有听清他说的什么,他在他的小本上迅速地写上一行字,撕下来,递给我。我才明白,他说我长得像一个电影演员,纸上写着演员的名字:Cliouly Bronson。我没有听说过这个名字,用手机上网一查,看到这个演员的照片,还真的有点儿像我。

他开始和我们聊起天来。他告诉我们,他是法国巴黎人,五十年前,来到这个小城。然后,他耸耸肩膀,对我们说:我到现在也没有融入这个社会,也从来没有想要融入。我这才注意到,四周的墙壁上挂着的全部是巴黎街景的照片和法国印象派画家画的巴黎风景。在偌大的美国,或在这座小城,他顽强地保存着对巴黎的记忆,以此和外部强悍和阔大的世界抗衡。这需要多大的定力呀!

聊了一通天之后,他才问起我们吃点儿什么,在他的小本上记下之后,转身向厨房走去。我发现,并不是对我们这些中国人好奇,才如此这般聊天,对每一桌的客人,他都是这样随手拉过一把椅子,坐下来和客人聊天。这不仅成为他独特的服务态度,也成为他和世界沟通和连接的方式。我只是非常地好奇,他在巴黎待得好好的,为什么偏要跑到这座偏远的小城,这座小城,和繁华的巴黎无法同日而语。五十年前,他只是一个毛头小伙子呀。心里暗想，除了爱情，对于一个毛头小伙子，还能够有什么别的原因更能让他抛离故土，远走江湖呢？

菜上来了，正宗的巴黎菜品，还有专门从巴黎空运过来的小瓶芥末。为我们上菜的是个墨西哥人，老板雇的服务员。看来，老板只负责和顾客的沟通。过了一会儿，老板走了过来，指着桌子上的菜，说：五十年前，我第一次在这里看到三个中国人吃饭，像你们一样，把每一盘菜分成三份各自吃，我感到非常惊奇！说罢，他笑了起来，笑得那样的开心，仿佛五十年前的情景，依然状若眼前。

我很想趁机问问他五十年前为什么从巴黎跑到这里来。还没容我开口，一个身穿长裙瘦高个子的女人走了过来，凑在他的耳边说了几句什么。他抱歉地对我们说：厨房里有些事情，我先过去一下，临走前，指着这个女人，向我们介绍：这是我的太太。那女人冲我们嫣然一笑，和他一起走去了。看年龄，这个女人应该和老板差不多大；看模样，年轻的时候，一定是个美人坯子。不用问了，我的猜测一定是对的，为了这样一个美人，巴黎人的浪漫，尤其是年轻的时候，是什么事情都能够做得出来的。

吃完饭后，走出餐厅，在外面的门厅的墙壁上，看到了贴满一排发黄的旧报纸，伏下身子仔细看，一眼先看见报纸上有好几张照片，照片上一对青年男女站在一辆老式的小汽车旁。不用说了，就是五十年前的老板和他的太太。报纸上整版报道这一对巴黎男女五十年前刚刚来到这里的情景。一对相爱的年轻人，来到一个陌生的小城，开始了他们五十年漫长的爱情之旅。

老板和他的太太都走了出来送客。我指着报纸问老板：五十年前，你多大年纪？他告诉我：今年七十一岁了。我告诉他：我今年也七十一了，我们两人一般大。他高兴地搂住我的肩膀一起照张相留个纪念。他对我说：五十年了，这个餐馆也办了五十年了！

走出餐馆，看看门前贴的营业时间表，餐馆只有周末的晚上，和周三、周一的中午开门揖客。这是这家餐馆又一个与众不同之处。赚的钱够生活，见好就收，不想让工作压迫生活，足够潇洒。餐馆，只是他们爱情的一个见证。世上的爱情故事，见过不少，这样让巴黎的青春芳华在小城白头偕老的故事，第一次见到。春天的夜晚，满城的海棠和杜梨的花朵，和满天的星星，正在怒放。

2018年4月25日写于布鲁明顿

肆

白雪红炉烀白薯

　　我们中国人很会给水果起名字,我以为起得最好的便是佛手了。

　　它不仅最象形,而且最具有超尘拔俗的境界。

　　它伸出的杈杈,确实像佛手,

　　只有佛的手指才会这样如兰花瓣宛转修长,曲折中有这样的韵致。

白雪红炉烀白薯

如今,冬天里白雪红炉吃烤白薯,已经不新鲜,几乎遍布大街小巷,都能看见立着胖墩墩的汽油桶,里面烧着煤火,四周翻烤着白薯。这几年还引进了台湾版的电炉烤箱的现代化烤白薯,立马儿丑小鸭变白天鹅一样,在超市里买,价钱比外面的汽油桶高出不少,但会给一个精致一点儿的纸袋包着,时髦的小妞儿跷着兰花指拿着,像吃三明治一样优雅地吃。

在老北京,冬天里卖烤白薯永远是一景。它是最平民化的食物了,便宜,又热乎,常常属于穷学生、打工族、小职员一类的人,他们手里拿着一块烤白薯,既暖和了胃,也烤热了手,迎着寒风走就有了劲儿。记得老舍先生在《骆驼祥子》里,写到这种烤白薯,说是饿得跟瘪臭虫似的祥子一样的穷人,和瘦得出了棱的狗,爱在卖烤白薯的挑子旁边转悠,那是为了吃点儿更便宜的皮和须子。

民国时，徐霞村先生写《北平的巷头小吃》，提到他吃烤白薯的情景。想那时他当然不会沦落到祥子的地步，他写他吃烤白薯的味道时，才会那样兴奋甚至有点儿夸张地用了"肥、透、甜"三个字，真的是很传神，特别是前两个字，我是从来没有听说过谁会用"肥"和"透"来形容烤白薯的。

但还有一种白薯的吃法，今天已经见不着了，便是煮白薯。在街头支起一口大铁锅，里面放上水，把洗干净的白薯放进去一起煮，一直煮到把开水耗干。因为白薯里吸进了水分，所以非常的软，甚至绵绵得成了一摊稀泥。想徐霞村先生写到的"肥、透、甜"中那一个"透"字，恐怕用在烤白薯上不那么准确，因为烤白薯一般是把白薯皮烤成土黄色，带一点儿焦焦的黑，不大会是"透"，用在煮白薯上更合适。白薯皮在滚开的水里浸泡，犹如贵妃出浴一般，已经被煮成一层纸一样薄，呈明艳的朱红色，浑身透亮，像穿着透视装，里面的白薯肉，都能够丝丝的看得清清爽爽，才是一个"透"字承受得了的。

煮白薯的皮，远比烤白薯的皮要漂亮，诱人。仿佛白薯经过水煮之后脱胎换骨一样，就像眼下经过美容后的漂亮姐儿，须刮目相看。水对于白薯，似乎比火对于白薯要更适合，更能相得益彰，让白薯从里到外地可人。煮白薯的皮，有点儿像葡萄皮，包着里面的肉简直就成了一兜蜜，一碰就破。因此，吃这种白薯,一定得用手心托着吃,大冬天站在街头,小心翼翼地托着这样一块白薯,嘬起小嘴嘬里面软稀稀的白薯肉,那劲头只有和吃喝了蜜的冻柿子有一拼。

老北京人又管它叫作"烀白薯"。这个"烀"字是地地道道的北方词,好像是专门为白薯的这种吃法定制的。烀白薯对白薯的选择,和烤白薯的选择有区别,一定不能要那种干瓤的,选择的是麦茬儿白薯,或是做种子用的白薯秧子。老北京话讲:处暑收薯,那时候的白薯是麦茬儿白薯,是早薯,收麦子后不久就可以收,这种白薯个儿小,瘦溜儿,皮薄,瓤儿软,好煮,也甜。白薯秧子,是用来做种子用的,在老白薯上长出一截儿来,就掐下来埋在地里。这种白薯,也是个儿细,肉嫩,开锅就熟。

当然,这两种白薯,也相应的便宜。烀白薯这玩意儿,是穷人吃的,从某种程度上,比烤白薯还要便宜才是。我小时候,正赶上全国闹自然灾害,每月粮食定量,家里有我和弟弟正长身体要饭量的半大小子,月月粮食不够吃。家里只靠父亲一人上班,日子过得拮据,不可能像院子里有钱的人家去买议价粮或高价点心吃。就去买白薯,回家烀着吃。那时候,入秋到冬天,粮店里常常会进很多白薯,要用粮票买,每斤粮票可以买五斤白薯。但是,每一次粮店里进白薯了,都会排队排好多人,都是像我家一样,提着筐,拿着麻袋,都希望买到白薯,回家烀着吃,可以饱一时的肚子。烀白薯,便成为那时候很多人家的家常便饭，常常是一院子里，家家飘出烀白薯的味儿。

过去，在老北京城南一带因为格外穷，卖烀白薯的就多。南横街有周家两兄弟，卖的烀白薯非常出名。他们兄弟俩，把着南横街东西两头，各支起一口大锅，所有走南横街的人，甭管走哪头儿，都能够见到他们兄弟俩的大锅。过去，卖烀白薯的，一般都是兼着五月里卖五月鲜，端午节卖粽子，这些东西也都是需要在锅里煮，烀白薯的大锅就能一专多能，充分利用。周家这兄弟俩，也是这样，只不过他们更讲究一些，会用盘子托着烀白薯、五月鲜和粽子，再给人一支铜钎子扎着吃，免得烫手。他们的烀白薯一直卖到了1949年以后的公私合营，统统把这些小商小贩归拢到了饮食行业里来。

五月鲜，就是五月刚上市的早玉米，老北京的街头巷尾，常会听到这样的吆喝：五月鲜来，带秧儿嫩来哎！市井里叫卖的吆喝声，如今也成为一种艺术，韵味十足的叫卖大王应运而生。以前，卖烤白薯的一般吆喝：栗子味儿的，热乎的！以当令的栗子相比附，无疑是高抬自己，再好的烤白薯，也是吃不出来栗子味儿的。烀白薯，没有这样的攀龙附凤，只好吆喝：带蜜嘎巴儿的，软乎的！他们吆喝的这个"蜜嘎巴儿"，指的是被水耗干挂在白薯皮上的那一层结了痂的糖稀，对那些平常日子里连糖块都难得吃到的孩子来说，是一种挡不住的诱惑。

说起南横街东西两头的周家兄弟，我想起了小时候我家住的西打磨厂街中央的南深沟的路口,也有一位卖烀白薯的。只是,他兼卖小枣豆儿年糕,一个摊子花开两枝,一口大锅的余火,让他的年糕总是冒着腾腾的热气。无论买他的烀白薯,还是年糕,他都给你一个薄薄的苇叶子托着,那苇叶子让你想起久违的田间,让你感到再不起眼的北京小吃,也有着浓郁的乡土气。

长大以后,我在书中读到这样一句民谚:年糕十里地,白薯一溜屁。说的是年糕解饱,顶时候,白薯不顶时候,容易饿。便会忍不住想起南深沟口那个既卖年糕又卖白薯的摊子。他倒是有先见之明一样,将这两样东西中和在了一起。

懂行的老北京人,最爱吃锅底的烀白薯,是烀白薯的上品。那样的白薯因锅底的水烧干让白薯皮也被烧煳,便像熬糖一样,把白薯肉里面的糖分也熬了出来,其肉便不仅烂如泥,也甜如蜜,常常会在白薯皮上挂一层黏糊糊的糖稀,结着嘎巴儿,吃起来,是一锅白薯里都没有的味道,可以说是一锅白薯里浓缩的精华。一般一锅白薯里就那么几块,便常有好这一口的人站在寒风中程门立雪般专门等候着,一直等到一锅白薯卖到了尾声,那几块锅底的白薯终于水落石出般出现为止。民国有竹枝词专门咏叹:"应知味美唯锅底,饱唻残余未算冤。"

如今北京的四九城,哪里还能够找到卖这种"烀白薯"的?

2013年1月11日改毕于北京

佛手之香

那个星期天，我在潘家园旧货市场外面的街上，买了一只佛手。那时，这条街和市场里面一样的热闹，摆满了小摊，其中一个小摊卖的就是佛手。卖货的是个山东妇女，十几个大小不一、有青有黄的佛手，浑身疙疙瘩瘩的，躺在她脚前的一个竹篮里，百无聊赖的样子，像伸出来长短不一、粗细不均的枝杈来勾起人们的注意。很多人不认识这玩意儿，路过这里都会问问：这是什么呀，这么难看。扭头就走了，没有人买。我买了一个黄中带绿的大佛手，她很高兴，便宜了我两块钱，说她是大老远从山东带来的，谁知道你们北京人不认！

这东西好长时间没有在北京卖了。记得第一次见到它，起码是四十多年前了。那时，我还在读中学，是春节前，在街上买回一个，个头儿没有这个大，但小巧玲珑，长得比这个秀气。那时，父母都还健在，把它放在柜子上，像供奉小小的一尊佛，满屋飘香。

我不知道佛手能不能称之为水果。它可以吃，记得那时我偷偷掐下它的一小角，皮的味道像橘子皮，肉没有橘子好吃，发酸发苦，很涩。那时，我查过词典，说它是枸橼的变种，初夏时开上白下紫两种颜色的小花，冬天结果，但果实变形，像是过于饱满炸开了，裂成如今这般模样。它的用途很多，可以入药，可以泡酒，也可以做成蜜饯。那时我买的那个佛手没有摆到过年，就被父亲泡酒了，母亲一再埋怨父亲，说是摆到过年，多喜兴呀。

之后，我在唐花坞和植物园里看到过佛手，但都是盆栽的，很袖珍，只是看花一样赏景的。插队北大荒时，每次回北京探亲结束都要去六必居买咸菜带走，好度过北大荒没有青菜的漫长的冬春两季，在六必居我见过腌制的佛手，不过，已经切成片，变成了酱黄色，看不出一点儿佛指如仙的样子了。

我们中国人很会给水果起名字，我以为起得最好的便是佛手了，它不仅最象形，而且最具有超尘拔俗的境界。它伸出的杈杈，确实像佛手，只有佛的手指才会这样如兰花瓣宛转修长，曲折中有这样的韵致。我在敦煌壁画中看那些端坐于莲花座上和飞于彩云间的各式佛的手指，确实和它有几分相似。前不久看到了残疾人艺术团表演的《千手观音》，那伸展自如、风姿绰约的金色手指，确实能够让人把它们和佛手联系到一起。我买的这个佛手,回家后我细细数了数,一共二十四支手指。我不知道一般佛手长多少佛指,我猜想,二十四支,除了和千手观音比,它应该不算少了。

　　我把它放在卧室里,没有想到它会如此的香。特别是它身上的绿色完全变黄的时候,香味扑满了整个卧室,甚至长上了翅膀似的,飞出我的卧室,每当我从外面回来,刚刚打开房间的门,香味就像家里有条宠物狗一样扑了过来,毛茸茸的感觉,萦绕在身旁。我相信世界上所有的水果都没有它这种独特的香味。在水果里,只有菲律宾的菠萝才可以和它相比,但那种菠萝香味清新倒是清新,没有它的浓郁;有的水果,倒是很浓郁,比如榴梿,却有些浓郁得刺鼻。它的香味,真的是少一分则欠缺,多一分则过了界,拿捏得那样恰到好处,仿佛妙手天成,是上天的赐予,称它为佛手,确为得天独厚,别无二致,只有天国境界,才会有如此如梵乐清音一般的香味。西方是将亨德尔宗教色彩浓郁的清唱剧《弥赛亚》中那段清澈透明、高蹈如云的《哈利路亚》视为天国的国歌的,我想我们东方可以把佛手之香,称之为天国之香的。这样说并非没有道理,过去文字中常见珠玉成诗,兰露滋香,我想,香与花的供奉是佛教的一种虔诚的仪式,那种仪式中所供奉的香所散发的香味,大概就是这样的吧。《金刚经》里所说的处处花香散出的香味大概也就是这样的吧。

　　它的香味那样持久,也是我所料未及的。一个多月过去了，房间里还是香飘不断，可以说没有一朵花的香味能够存留得如此长久，越是花香浓郁的花，凋零得越快，香味便也随之玉殒色残了。它却还像当初一样，依旧香如故。但看看它的皮，从青绿到鹅黄到柠檬黄到芥末黄到土黄，到如今黄中带黑的斑斑点点了，而且已经发干发皱萎缩了，瘦筋筋的，只剩下了皮包骨。想想刚买回它时那丰满妖娆的样子，但让我感到的却不是美人迟暮的感觉，而是和日子一起变老的沧桑。

它已经老了，却还是把香味散发给我，虽然没有最初那样浓郁了，依然那样的清新沁人。那一刻，我忽然觉得它老得像母亲。是的，我想起了母亲，四十多年前，我第一次见到佛手的时候，母亲还不老。

2009年元旦试笔于北京

冬果两食

小时候，入冬后，常吃的果子，不是现在的苹果、香蕉、梨之类，那时候，香蕉少见，苹果和梨还是有的，只是比较贵，买不起，很少吃罢了。常吃的是黑枣和柿子。这两样果子很便宜，而且经放，保存的日子久，可以吃上整整一冬。

这是两种北方才有的果子。而且，必须是在北方的中部，再往北，到了黑龙江就见不到了。黑枣比柿子成熟要晚，黑枣落树，摆在城里的小摊上一卖，等于告诉人们，秋天结束，冬天就真的到了。在老北京人尤其是小孩子的眼里，黑枣上市，意味着月份牌要掀开冬天这一页了。

黑枣，名字叫枣，其实和枣并不是一家子，倒和柿子同属柿树科，是血脉相连的一家。吃起来，它们的味道还真有那么一点儿相似，特别是和晒干的柿饼的味道比，黑枣真的是有一种脱不开同宗同族的干系。只不过，黑枣的个头儿很小，也就如指甲盖那样大小，像是小时候没发育好，一直长不起来，和个头儿硕大的柿子没法比。两厢站在一起，一个如豌豆公主，一个似敦敦实实的胖罗汉。颜色也悬殊，一个黑得如小煤渣，一个橙红橙红的像小太阳。

它们都很便宜，黑枣，两分钱能买一大把，小贩一般用废报纸或旧书页，叠成一个漏斗形，抓一把黑枣撒在里面。这是小贩的精明，上宽下尖的纸包，装的黑枣显得很多。两分钱，也能买一个大柿子。不过，一般我们小孩子更愿意花两分钱买一包黑枣，一粒粒的，像吃糖豆儿，里面的籽儿又多，得边吃边不住吐籽儿，吃的时间会很长。

卖糖葫芦的小摊上，也有把一粒粒黑枣穿起来，蘸上糖，像把山药豆儿穿起来一样当糖葫芦卖。不过，起码要五分钱一串，而且，也没有几粒，我从来没有买过。应该说，那是黑枣的改良版、升级版。不过，包裹上一层糖稀结晶后的黑枣，即使像穿上了一层透明的盔甲披挂上阵，也只是虾兵蟹将而已，实在是个头儿太小了。

柿子也有改良版和升级版，柿饼便是其一。北方人晾晒柿饼是一绝，晒干的柿饼，外表挂一层白霜，像柿子整容后涂抹的粉底霜，容颜焕发。而且，改变了柿子的身材和模样，将原来的磨盘形的柿子晒成了扁扁的如同馅饼的样子，柿饼的"饼"起得真好，那样形象，又有烟火气。柿饼冬天可以吃，夏天也可以吃，而且是夏天做冷食果子干必不可少的最重要食材。在没有冰箱储存，没有变季果蔬的年月里，一种水果，四季可吃，是很少见的。柿子变为柿饼，足见大自然的功力，水果如此易容变色的，也是很少见的。

冻柿子也是柿子的一种变体。表面模样没变，但在数九寒风天的作用下，柿子冻得邦邦硬，里面的果肉都冻成了结实的冰块儿。在北京所有的水果里，只有冻酸梨能和它有一拼，其他任何水果这样一冻就没法再吃了。如果说水果和人一样，也是有性格的话，那么，柿子的性格，和经霜雪后而不凋的松柏，有几分相似。有时候，我觉得特别像那些在朔风呼啸的冬天里跳进冰河里游冬泳的人。

我最爱吃的是这种冻柿子。我看周围不少孩子，和我一样也爱吃这玩意儿。冻柿子必须要用凉水拔过才能吃，否则根本咬不动。凉水和冻柿子，都是一样的冰凉，凉碰凉，竟然相互渗透，彼此化解，像石头和石头碰撞出火花一般，起到了神奇的作用，等柿子外面结成了一层透明的薄冰的时候，凿碎薄薄的冰碴儿，柿子就可以吃了。那时候，家里的大人买回来冻柿子，我和弟弟就迫不及待地从自来水管子接来满满一盆凉水，开始拔柿子。蹲在地上，看着凉水中冻柿子的变化，像看一出大戏，等待着高潮出现，那高潮我们早已经知道，就是柿子的外壳出现那一层薄冰。等了老半天也没见动静，最让我们心急如火。

终于等到柿子的外壳渐渐地被凉水拔出了一层薄薄的冰，每一次都会让我们兴奋异常。柿子皮像纸一样薄，几近透明；里面的肉，已经变成了糖稀一样黏稠，咬开一个小口，使劲儿一嘬，里面的果肉像汁液一样流淌出来，很自觉地就顺着嗓子眼儿滑进肚子里，冰凉，转而热乎，甜甜的，又有一丝丝香味儿，真是一种奇妙无比的感觉。现在想想，有点儿像奶昔。北京人形容这种柿子和吃柿子的样子，叫作"喝了蜜"。

吃到最后，如果还只剩下咬破的那一个小口，其他地方没破的话，我会用嘴对着这个小口，使劲儿地吹气，能把柿子皮吹得鼓鼓胀胀，像一个小皮球。对着阳光照，薄薄的柿子皮，被阳光映照得橙红色变淡，阳光像水一样在里面流淌。如果柿子皮破了，我就将皮撕开，吃里面的柿子核。柿子核外面包裹着的一层肉很有韧性，经嚼，和柿子肉不是一种味道。我特别喜欢嚼柿子核。有时候，我会突然觉得，柿子核，会不会就是柿子的心呀？我怎么会把人家的心给嚼了呢？就会觉得人真的太残忍了，什么都吃！

大人也爱吃这种"喝了蜜"的冻柿子。有些大人按照祖辈传下来的老规矩，入九之后，每个九的第一天，吃一个冻柿子，一直吃到九九，可以防止咳嗽。这样的传统，有点儿像画九九消寒图，在每个九时画上一朵梅花，到九九结束的时候，满纸梅花盛开，图得都是冬去春来的吉利与安康。那时候，我住的大院里，房东特别信奉这样吃冻柿子治咳嗽的老法子。他家的窗台上，入冬后会摆放着一排整整齐齐的磨盘柿子，格外醒目。那时候，北京雪多，赶上下雪天，橙黄的颜色，在白雪的衬托下，那样鲜艳，像是给房东家镶嵌起一道琥珀项链，成为我们大院独特的一景。

前两年的冬天，芝加哥大学东亚系的宝拉教授，带着她的美国学生到北京访学。她是意大利人，在美国博士毕业后教书，教授中国文学，说一口流利的中文。她对史铁生很感兴趣，专门请我带她到史铁生家中拜访过。这一次，她教的这些学生刚刚读过老舍的《骆驼祥子》，便找我帮她带着第一次来到中国的这帮年轻学生，看看北京的老胡同。我带他们逛八大胡同。在陕西巷的赛金花旧居怡香院附近，看到一家窗前摆着一排柿子。在美国，她没有见过，问我这是什么，我告诉她是柿子，要冻过之后再用凉水拔过之后再吃，以及入九之后每个九的第一天吃这样一个"喝了蜜"的冻柿子，说可以治咳嗽。她听了很惊奇，将我的一番话翻译成英文给她的学生们听，学生们也很惊奇，连连掏出手机给这一排陌生的柿子噼里啪啦地拍照。

以前，在老北京的院子里，讲究种一些树木，种柿子树的有不少，图的是"事事（柿柿）如意"的吉利。这样的传统，在我们的国画里，从古至今一直还在不断地画，不断地体现。种枣树的也有不少，特别是结马牙枣的枣树。最有名的是郎家园的枣树，郎家园以前是清朝皇家的御用外国画家郎世宁旧地。但是，种黑枣树的极其少见。曾经走访过老北京那么多的老院，我只在西河沿192号，原来的莆仙会馆里，见过一棵老黑枣树。那年夏天，我专门到那里看这棵老黑枣树，它正开着一树的小黄花，落了一地的小黄花，碎金子一般闪闪发光。我不明就里，为什么北京院落里少见黑枣树。大概黑枣不如马牙枣红得红火，更不如柿子吉利吧，过去老北京话，管被枪毙叫作"吃黑枣儿"，是挨枪子儿的意思。但是，黑枣真的很好吃，黑枣花真的很漂亮，比枣花要漂亮得多。

不过，再如何好吃好看，还是抵不过柿子树，传统的力量，是拗不过的。

在山西街，京剧名宿荀慧生的老宅健在，当年他亲手种植的老柿子树也还健在。荀慧生先生在世的时候，柿子熟了，他是不许家里人摘的，一直到数九寒冬，他也不许家人摘，只有来了客人，才用竹梢打下树枝头邦邦硬的冻柿子，用凉水拔过，请客人就着冰碴儿吃下。树梢上剩下的冻柿子，在过年前，他才会让人打下来，给梅兰芳送去，分享这一份只有冬天才有的"喝了蜜"。

2021年2月9日于北京

万圣节的南瓜

万圣节前夕,我住的海德公园社区,家家门前都早早地摆上了南瓜。各家有各家的风格,那南瓜摆得都非常有意思,有的从路边一直摆在门前,仪仗队欢迎客人似的;有的在每个台阶前放一个南瓜,步步登高;有的则左右对称;有的则在南瓜上雕刻上笑脸,做成南瓜灯,迫不及待地迎接节日的到来。

在我看来,世界上许多节日都日渐失去了民俗的本意,而成为一种休闲娱乐的方式。万圣节,在美国更是成为孩子们的节日。因为这一天,孩子们可以兴致勃勃地叩响各家的房门,向那些平常并不熟悉甚至根本不认识的邻居讨要糖吃。而各家都准备好了各色糖果,等待孩子们的到来,一起创造并分享这种欢乐。各家门前的这些南瓜,就像圣诞节的圣诞树,是节日的象征,只不过圣诞树一般是放在家中,而南瓜则是放在屋外的。于是，南瓜便也就有了节日共享的意味，颇有些像我们春节的花炮，燃放起来，大家都可以看到，共同欢乐。

那一色黄中透红的南瓜，在万圣节前夕，是那样的明亮，给已经有些寒意的初冬天气带来暖意。

唯独有一家人家的房前，没有放一个南瓜。在整个社区显得格外醒目。仿佛一串明亮的珠子，突然在这里断了线，珠子串不起来了。

每天散步，路过这家门前的时候，我的心里都有些怅然。这是一座很大的房子，门前有拱形的院落和左右对称的院门，院门旁各有一株高高的海棠树，连接这两座门的是一座半圆形的花坛。看院子这样气派的样子，这应该是一户殷实的人家，大概不会买不起几个南瓜，在超市里三个大南瓜只要十美金。心想要不就是因为忙，一时顾不过来去超市买南瓜。

又几天过去了，马上就到万圣节了，这家门前还是没有一个南瓜。门前的樱桃树结满红红的小果子，花坛却没有一朵花在开放了，秋风一吹，院落里落满凄清的树叶，也没有打扫。我有些奇怪，便向人打听，这是怎么回事呢？这样的情景和节日太不相吻合，和这样气派的房子也不大吻合。

有人告诉我，这家的主人是位医生，犯了不知什么案，被判了刑，关进监狱。这座房子被银行收走，他的家人只有在这里住一年的权限。我从来没见过这家的女主人，只见过他家有两个男孩子和一个女孩子出入，年龄都不大，两个男孩子像是中学生，妹妹小，大约只上小学。心里也就多少明白了，家里缺少了主心骨，大人孩子过日子的心气也就没有了，再好的房子和院子也就荒芜了。况且，缺少家庭主要的经济来源，三个正上学的孩子都需要花销，过日子的局促，自然顾不上南瓜了。心里不禁替这家人惋惜，尤其是替那三个无辜的孩子，大人们做事情的时候，往往忽略了孩子的存在。但凡想想自己的孩子，做事情的时候也该会让自己的手颤抖一下吧。

那天下午，我的邻居家的后院里忽然响起了除草机的轰鸣声。这让我很奇怪，因为邻居的除草很有规律，都是在周末休息的时候，怎么还没有到周末，而且人也没有下班，怎么就有了除草的声响呢？我走到露台上去看，发现是那家医生的两个男孩子在除草。他们开来一辆汽车，停在院子前，猜想是他们拉来了自己的除草机，帮助邻居除草，挣一点儿辛苦钱。同时，也猜想是邻居的好心，让这两个孩子挣点钱去买万圣节的糖果和南瓜。

我的猜想没有错。黄昏时候，邻居下班，我问了他们，这是一家印度人，他们腼腆地笑笑，证实了我的猜测。同时，他们还告诉我，这个社区里很多人都知道他们家的事情，都像他家一样将除草的活儿交给了这两个读中学的孩子。他们不愿意以施舍的姿态，那样会伤孩子的自尊心，他们更愿意以这样方式帮助孩子，让他们感觉自己像成人一样，可以自食其力，可以为家庭分忧，给母亲和小妹妹一点安慰。

果然，第二天，这家的门前摆上了南瓜。是三个硕大无比的大南瓜，大概是三个孩子每人挑选的一个中意的南瓜。每个南瓜上都雕刻上了笑脸，布鲁明顿明亮阳光的照耀下，那三张笑脸笑得非常的灿烂。

2013年11月8日于北京

大白菜赋

又到了大白菜上市的时候了。今年,北京大白菜丰收,最便宜的只要一角八分钱一斤。

民谚说:霜降砍白菜。从霜降之后,一直到立冬,北京大街小巷,都在卖白菜,过去叫作冬储大白菜,几乎全家出动,人们拉着平板,推着小车、自行车,甚至借来三轮平板车,一车车买回家,成为北京旧日冬天的一幅壮丽的画面。如果赶上下雪天,白雪映衬下绿绿的大白菜,更是颜色鲜艳的画面。

那时候,国家有补贴,大白菜的价格,一斤不过几分钱。谁家不会几十斤上百斤地买回家里呢?买回家的大白菜,堆在自家屋檐下,用棉被盖着,要吃一冬,一直到青黄不接的开春。可以说,这是老北京人的看家菜。过去人们常说:萝卜白菜保平安。

大白菜，不是小白菜，不是奶油白菜，而是个头硕大抱心紧实的白菜，一棵有十来斤重。在以往蔬菜稀缺的冬天，大白菜贫富皆宜，谁家也少不了。齐白石不止一次画过大白菜，却从来没画过小白菜，更别说奶油白菜了。

清时有竹枝词说："几日清霜降，寒畦摘晚菘。一绳檐下挂，暖日晒晴冬。"这里说的晚菘，指的就是大白菜。菘，是一个很古老的词，将大白菜说成菘，是文人对它的美化和拔高。菘字从松字，谓之区区大白菜却有着松的高洁品格，严寒的隆冬季节里，一样地绿意常在。

冬天吃白菜，在我们国家有着悠久的历史。新近读到我的中学同窗王仁兴在三联新出版的《国菜精华》一书，他所研究收集的从商代到清代的菜谱中，白菜最早出现在南北朝的南朝。在贾思勰的《齐民要术》中收录有白菜的吃法，叫作"菘根菹法"。这说明吃白菜，可以上溯至公元6世纪，也就是说，中国人吃白菜至少有着一千五百多年的历史。《齐民要术》记载的白菜的吃法，是一种腌制法：菘根，就是白菜帮，将白菜帮"净洗通体，细切长缕，束为把，大如十张纸卷。暂经沸汤即出，多与盐……与橘皮和，料理满瓮"。

清以来，文人对大白菜青睐有加，为它书写诗文的人很多。从清初诗人施愚山开始，极尽赞美乃至不舍离去之情："滑翻老米持作羹，雪汁云浆舌底生。江东莼脍浑闲事，张翰休含归去情"。就连皇上也曾经为它写诗，清宣宗有《晚菘诗》:"采摘逢秋末,充盘本窖藏。根曾润雨露,叶久任冰霜。举箸甘盈齿,加餐液润肠。谁与知此味,清趣惬周郎。"一直到近人邓云乡先生也有咏叹大白菜的诗留下:"京华嚼得菜根香,冬日秋菘韵味长。玉米蒸糇堪果腹,香油调尔作羹汤。"

细比较他们的诗,会很有意思。施诗人写得文气十足,非要把一个不施粉黛的村姑描眉打鬓一番成俏佳人;而皇上写得却那样的朴素无华接地气;邓先生则把大白菜和窝窝头(蒸糇即窝头)连在一起,写出它的菜根味和家常味。

过去人们讲究吃霜菘雪韭,当然,霜菘雪韭,是把这种家常菜美化成诗的文人惯常的书写。不过,在霜雪漫天的冬季,大白菜和韭菜确实让人留恋。夜雨剪春韭,当然好,但冬韭更为难得,尤其在过去的年代里,这样的冬韭属于棚子菜,价钱贵得很。春节包饺子,能够买上一小把,掺和在白菜馅里,点缀上那么一点儿绿,就已经很是难得了。大白菜不一样,在整个冬天都是绝对的主角,家家年夜饭里的饺子馅,哪家不得用大白菜呢?即使在遥远的美国,一整个冬天里,中国超市里都有大白菜卖,尽管一棵大白菜要卖二十来块人民币的价钱,中国人也是要买来吃的。去年春节前,我正在美国看孩子,到那家常去的中国超市买大白菜,老板是个山东人,笑着问我:"回家包饺子吃吧?"大白菜,永远是北京人的乡思,迅速联结起中国人彼此之间的感情,是一点儿也没错的。

大白菜，有多种吃法，包饺子只是其中之一。瑶柱白菜，栗子白菜，是白菜中的上品；芥末墩，是老北京的小吃；乾隆白菜，是老北京的花样迭出的一种花哨，但借助大白菜确实做足了文章。

一般人家做得更多的是醋熘白菜，和邓先生说的"香油调尔作羹汤"的白菜汤。

白菜汤做好不容易，一般人家会在做白菜汤的时候配上一点儿豆腐和粉丝，条件许可的话，再加上一点儿金钩海米，没有的话，用虾米皮代替，味道会好很多。要想让汤的味道更好一些，如果没有高汤，要用猪油炝锅，如今，猪板油难觅，普通的白菜汤做得好吃，就差了一个节气。

醋熘白菜，我在家里常做，素炒肉炒均可。我做时一定要用花椒炝锅，一定要加蒜，一定要淋两遍醋。如果有肉，在肉即将炒熟时加醋；如果没有肉，将葱姜蒜爆香下白菜前加醋；最后，淋一些锅边醋，点几滴香油，拢芡出锅。这道菜，关键在这两遍醋上，不要怕醋多，就怕醋少。这成了我的一道拿手菜，特别是刚从北大荒回北京的那一阵子，朋友来家做客，兜里兵力不足，就炒这道最便宜的醋熘白菜，吃起来，谈不上"雪汁云浆舌底生"，却也吃得不亦乐乎。

《燕京琐记》里特别推崇腌白菜，说"以盐洒白菜上压之，谓之腌白菜，逾数日可食，色如象牙，爽若哀梨"。这是我看到的对腌白菜最美的赞美了。腌白菜，对于老北京人而言,是一种太普通的吃法,只是各家做法不尽相同。邓云乡先生在文章中介绍过他的做法:"把大白菜切成棋子块,用粗盐曝腌一二个钟头,去掉卤水,将滚烫的花椒油或辣椒油往里一倒,'嚓喇'一响,其香无比。"

我的做法是,将白菜连帮带叶切成长条状,先用盐水渍一下,挤出汤水,将其放进水滚开的锅里,冒一下立即捞出,置入凉水中,再用手把菜里面的水挤净,加盐加糖,淋上滚沸的花椒辣椒油和醋。吃起来,特别的脆,那才叫"爽若哀梨"。这样的吃法,可以说延续了贾思勰在《齐民要术》中说的"菘根菹法"。只是,不知道为什么都少了贾氏说的放橘皮这样一项。

《北平风物类征》一书引《都城琐记》,说到大白菜的另一种吃法:"白菜嫩心,椒盐蒸熟,晒干,可久藏至远,所谓京冬菜也。"这里说的是储存大白菜过冬的一种方法,即晾干菜。不过,用白菜心晾干菜,我从来没有见过,大概属于有钱人家吧。我们大院里,人们晾干菜,可不敢这样的奢侈,都是把一整棵大白菜切成两半或几半,连帮带叶一起晾晒。白菜心,我父亲在世的时候,都是用来做糖醋凉拌,在上面再加一点儿金糕条,用来作为下酒的凉菜。

除了晾干菜,渍酸菜也是一种方法。这是两种不同的方法,都属于大白菜的变奏。前者变形不变味儿,后者变形变色又变味儿。前者挤压成如书签一样,夹在我们记忆的册页里;

后者换容术一般，变成里外一新的新样子。两种方法，都使大白菜尽显其姿态婀娜，只不过，一个干瘪如同皮影戏，一个如同休眠于水中的鱼。

当然，这是物质不发达时代里，为了储存大白菜，老北京人不得已为之的方法，或者说是一种生活的智慧。如今，大棚蔬菜和南方蔬菜多种多样，四季皆有，早乱了时序与节气。有意思的是，如此风云变化下，晾干菜已经很少见了，但是，酸菜常见，而且是人们爱吃的一道菜品，由此诞生的酸菜白肉、酸菜粉丝、酸菜饺子，为人所称道。在大白菜演进的过程中，酸菜算是一种新创造吧。

将普通的大白菜变换着花样吃，真亏得北京人能够想得出来。

大白菜，也不尽是一般寻常百姓家最爱。看溥仪的弟弟溥杰的夫人爱新觉罗·浩写的《食在宫廷》一书，皇宫里对大白菜一样青睐有加。在这本书中，记录的清末几十种宫廷菜中，大白菜就有五种：肥鸡火熏白菜、栗子白菜、糖醋辣白菜、白菜汤、曝腌白菜。后四种，已经成为家常菜。前一种肥鸡火熏白菜，如今很少见。据说，是乾隆下江南时尝过此菜之后喜爱，便将苏州名厨张东官带回北京，专门做这道菜。看溥杰夫人所记录这道菜的做法，并不新奇，只是要将肥鸡先熏好，然后和大白菜同时放进高汤里，用中火煨至汤尽。其中的奥妙，在读这本书其他大白菜的做法时才发现，原来宫廷里都特别强调一定要将大白菜煮透。一个透字，看厨艺的功夫。透，不仅是断生，也不能是煮烂，方能既入味，又有嚼劲儿。

不过，有一种大白菜的吃法，无论宫廷，还是民间，我是没有听说老北京曾经有过。还是在王仁兴的这本《国菜精华》中，介绍了一种"山家梅花酸白菜"，他引用了南宋林洪的《山家清供》，说这种吃法是将大白菜切开，用很清的面汤先泡渍，再加入姜、花椒、茴香和莳萝等调料，以及一碗老酸菜汤腌制。关键是最后一步："又，入梅英一掬。"所以，林洪称此菜为"梅花齑"。或许，这只是南方的一种古老吃法，北京有的是大白菜，却鲜有梅花。其实，在我看来，也不是鲜有梅花的原因，就跟我们做腌白菜不放橘皮一样，便想不到在做酸白菜的时候可以"入梅英一掬"。我们北京人做菜还是显得粗糙了些，少了一点儿细节的关注和投入。

教我中学语文的田增科老师，如今已经年过八十。他曾经教过的一个学生的家长，是川菜大师罗国荣。罗国荣在上个世纪60年代担任过人民大会堂总厨。国宴菜品，都要由他排菜单，签菜单。他的拿手菜"开水白菜"，每次国宴必上，不止一次受到周总理和外宾的夸赞。一次家访，罗国荣非要留田老师吃饭，他说，田老师，今天中午我留您吃饭，我用水给您炒盘白菜肉丝，准让您回味无穷。那年月粮食定量，买肉要肉票，田老师对我说，虽然很想尝尝这道出名的开水白菜，但怎能随便吃人家口粮，赶紧骑车溜走了。

能够用简单的白菜，做成这样的一道味道奇美的国宴上出名的清水白菜，大概是将大白菜推向了极致，是大白菜的华彩乐章。颇有些丑小鸭变成白天鹅，一下子步入奥斯卡的红地毯的感觉。

不过，在我的心目中，将吃剩下不用的白菜头，泡在浅浅的清水盘里，冒出来的那黄色的白菜花来，才是将大白菜提升到了最高的境界。特别是朔风呼叫大雪纷飞的冬天，明黄色的白菜花，明丽地开在窄小的房间里，让人格外喜欢，让人的心里感到温暖。白菜的叶子、帮子和菜心，都可以吃，白菜头不能吃，却可以开出这么漂亮的花来，普普通通的大白菜，一点儿都没有糟践，真的就升华为艺术了。

如今，全城声势浩荡的冬储大白菜，已经属于北京人的记忆。不过，即便全民冬储大白菜的盛景消失，大白菜也依然是新老北京人冬天里少不了的一种菜品。一些与时令节气相关的吃食，可以随时代变迁而更改，却不会完全颠覆或丧失。这不仅关乎人们的味觉记忆，更关乎民俗的传统与传承。

大白菜！北京人的大白菜！

2018年11月22日于北京

京都鱼鳞瓦

老北京的房顶铺的都是鱼鳞瓦，灰色，和故宫里的碧瓦琉璃呈色彩鲜明的对比。虽不如碧瓦琉璃那般炫目，那般高高在上，但满城沉沉的灰色，低矮着，沉默着，无语沧桑，力量沉稳，秤砣一般压住了北京城，气魄如云雾天里翻涌的海浪一样。难怪贝聿铭先生那时来北京，特别愿意到景山顶上看北京城这些灰色的鱼鳞瓦顶。

在我的童年，即20世纪50年代，北京的天际线很低，基本上被这些起伏的鱼鳞瓦顶所勾勒。因为那时候成片成片的四合院还在，而且占据了北京城的空间。想贝聿铭先生看见这样的情景，一定会觉得这才是老北京，是世界上任何一座城市都没有的色彩和力量吧。

想想，真的很有意思。那时候，四合院平房没有如今楼房的阳台或露台，鱼鳞状的灰瓦顶，就是各家的阳台和露台，晒的萝卜干、茄子干或白薯干，都会扔在那上面。五月端午节，艾蒿和菖蒲剑要插在门上，也要扔到房顶，图个吉利。谁家刚生小孩子，老人讲究要用葱打小孩子的屁股，取葱的谐音，说是打打聪明，打完之后，还要把葱扔到房顶。这到底是什么讲究，我就弄不明白了。

对于我们许多孩子而言，鱼鳞瓦的房顶，就是我们的乐园。老北京有句俗话，叫"三天不打，上房揭瓦"，说的就是那时我们这样的小孩子，淘得要命，动不动就跑到房顶上揭瓦玩。那是那时司空见惯的儿童游戏。我相信，老北京的小孩子，没有一个没干过上房揭瓦这样调皮的事的。

那时，我刚上小学，开始跟着大哥哥大姐姐们一起玩这种上房揭瓦的游戏。我们所住的四合院的东跨院，有一个公共厕所，厕所的后山墙不高，我们就是从那里爬上房顶，弓着腰，猫似的在房顶上四处乱窜，故意踩得瓦噼啪直响，常常会有邻居大妈大婶从屋里跑出来，指着房顶大骂："哪个小兔崽子，把房踩漏了，留神我拿鞋底子抽你！"她们骂的时候，我们早都踩着鱼鳞瓦跑远，跳到另一座房顶上了。

鱼鳞瓦，真的很结实，任我们成天踩在上面那么疯跑，就是一点儿也不坏。单个儿看，每片瓦都不厚，一踩会裂，甚至碎，但一片片的瓦铺在一起，铺成了一面坡房顶，就那么结实。它们是一片瓦压在一片瓦的上面，中间并没有泥粘连，像一只小手和另一只小手握在了一起，可以有那么大的力量，也真是怪事，常让我那时好奇而百思不解。漫长的日子过去之后，大院里有的老房漏雨，房顶的鱼鳞瓦换成波浪状的石棉瓦或油毡和沥青抹的一整块坡顶。说实在的，都赶不上鱼鳞瓦。不仅质量不如，一下大雨接着漏，也不如鱼鳞瓦好看。少了鱼鳞瓦的房顶，就如同人的头顶斑秃一般，即使戴上颜色鲜艳的新式帽子，也不是那么回事了。

前些天，路过童年住过的那条老街，正赶上那里拆迁，从房顶上卸下来的鱼鳞瓦装满了一汽车的挎斗，一层层，整整齐齐地码在车上，也呈鱼鳞状。那可都是前清时候就有的鱼鳞瓦呀，经历了一百多年的雨雪风霜，还是那样的结实，那样的好看。又有谁知道，在那些鱼鳞瓦上，曾经上演过那么多的童年游戏、带给我们那么多的欢乐呢？

其实，那时房顶上疯跑的游戏，平日里并没有任何内容，但形式带给我们的快乐大于内容，能惹得邻居大骂却又逮不着我们，便成为我们的一乐。当然，要说它带给我们最大的乐，一是秋天摘枣，二是国庆节看礼花。

那时，我们的院子里长着三棵清朝就有的枣树，我们可以轻松地从房顶攀上枣树的树梢，摘到顶端最红的枣吃；也可以站在树梢上，拼命地摇树枝，让那枣纷纷如红雨落下。比我们小的小不点儿，爬不上树，就在地上头碰头地捡枣，大呼小叫，可真的成了我们孩子的节日。

打枣一般都在中秋节前,这时候,国庆节就要到了。打完枣,下一个节目就是迎接国庆了。

国庆节的傍晚,扒拉完两口饭,我们会溜出家门,早早地爬上房顶,占领有利地形,等待礼花腾空。那时候,即使平常骂我们最欢的大妈大婶,也网开一面,一年一度的国庆礼花,成了那一天我们上房的通行证。由于那时没有那么多的高楼,晚霞中的西山一览脚下。我们的院子就在前门西侧一点,天安门广场更是看得真真的,仿佛就在眼前,连放礼花的大炮都看得很清楚。看着晚霞一点点消失,等候着夜幕一点点降临,就像等待着一场大戏上演一样。我们坐在鱼鳞瓦上,心里充满期待,也有些焦急,不住地问身边的大哥哥大姐姐:礼花什么时候放呀?

其实,我们心里谁都清楚,让我们期待和焦急的,不仅仅是礼花点燃的那一瞬间,更是礼花放完的那一刻。由于年年国庆都要爬到房顶上看礼花,我们都有了经验,随着礼花腾空会有好多白色的小降落伞,一般国庆那一天都会有东风,那些小降落伞便都会随风飘过来。燃放礼花的那一瞬间,我们会稳稳地坐在那里,看夜空中色彩绚丽的礼花,绽放在我们的头顶。但降落伞飘来的那一刻,我们会立刻大叫着,一下子都跳了起来,伸出早已经准备好的妈妈晾衣服的竹竿,争先恐后去够那些小小的降落伞。

当然,够得着够不着,全凭风的大小和运气了。因为那一刻，附近四合院的鱼鳞瓦顶上站满和我们一样的孩子，在和我们一样伸着竹竿够降落伞。风如果小，降落伞就被前面院子的孩子够走了；风要是大，降落伞就会像成心逗我们玩似的从我们的头顶飞走。记得国庆十周年时，我正上小学五年级，属于大孩子了。那一天晚上，不知是天助我也，还是那年国庆放的礼花多，降落伞飘飘而来，一个接着一个，让我轻而易举就够着一个，还挺大的个儿，成为我拿到学校显摆的战利品。

也就是从那一年以后，我没再上房玩了。也许，是认为自己长大了吧。

2009年9月20日于北京

好味止园葵

偶尔曾经这样一想，人生最须臾离不开的就是吃了，国内国外大小餐馆，吃的委实不少了，但是，最难忘的，却不在那里，而全在毫不知名的乡村野店。即使过去的日子那么久了，吃的味道，还有那里陈设的一切，都还是那样清晰如昨。真是怪了。

三十六年前的秋天，之所以记得如此清楚，因为那是我插队北大荒第一次离开那个小村子，来到了富锦县城。那时，村里没有什么吃的，尤其到了冬天，除了老三样，即冻白菜、冻土豆、冻胡萝卜之外，只有煮上一锅冻豆腐汤，用淀粉拢芡浇上点儿酱油香油，我们称之为"塑料汤"。吃了整整两冬这些东西，胃都吃倒了。来到县城，第一顿晚饭，在一家小馆里吃的，吃的是肉片炒芹菜。不知人家地窖里是怎么保存的，芹菜虽然很细，却很新鲜，炒出来一盘，湛青汪绿，好像刚刚从地头摘下来一样。我再也没有吃过那么好吃的芹菜，一直到现在，只要一想起来，一种脆生生香喷喷略为苦丝丝的芹菜味道，还在嘴里缭绕，令我口舌生津。

大约十年前，从延安下来，车子开了一个来钟点，停在一个村头，进了一家小馆。这是朋友特意带我来的地方，肚子早咕咕叫了，朋友说好饭别怕晚，让我坚持。因为早过了午饭的点儿，小馆里空荡荡的，不仅没有一个客人，连店主人都不在了。忙招呼人把店家请了来，来了个陕北汉子，既是老板，又是厨子，说菜是现成的，不过只有一道：手抓羊肉。不一会儿工夫，一小锅热腾腾的手抓羊肉就上来了。手抓羊肉，吃的次数多了，没有吃过这样鲜这样香的。我问老板汤里都搁什么佐料了，这么香？他告诉我，除了葱姜和盐，什么都没放（连油都没放），只是这羊是今早晨天没亮时候宰的，小火炖了整整一个上午。一天就卖这么一只羊，都是从延安下来的游人来吃，宁可饿着肚子跑老远，也到这里吃。就这么简单，就这么好吃，不管是西安，还是北京，再大的餐馆，没脾气。

前两年，又去延安，想那手抓羊肉。如法炮制，下了延安，车子开了大约一个钟点，到了一个村口，却怎么也找不到那家小馆了。也许，这次没有朋友带领，忘记了村名，我认错了地方。但我总觉得，它只是逗了一下我的馋虫，就像童话里的小屋灵光一闪消失了。

前不久，去峨眉，一路蒙蒙细雨下山，车子也是开了一个来钟点，停在山坡旁一家小馆前。这回吃的全都是山野菜，其中一道竹笋炒猪肉，真的叫绝，满座称好。已是初秋时节，居然还有如此新鲜的竹笋，淡淡鹅黄的颜色，娇柔可爱，而且细嫩犹如春芽，入口即化，颇似水墨画中的水彩一点点地洇进宣纸，慢慢地让你回味。里面的猪肉，也全然不是在超市里买到的那种滋味，虽然肉片切得薄厚不一，但味道鲜美，无法形容其如何鲜美好吃，在座的一位说了这样一句：这才是真正猪肉的味道。这话虽然有些词不达意，却是最好的褒奖了。于是，风卷残云之后，在一片叫好声中，叫店家又上了一盘。

如今，许多东西原本真正的味道，都已经离我们远去，机械化批量饲养的猪或鸡，在屠宰场和超市里整齐划一，包装鲜艳，在餐桌上却在嘲笑着我们的味蕾和胃口。

想想前者在北大荒那难忘的芹菜，是物质极度贫匮的年月里一种向往而已，而后两者则是物质发达之后我们远离大自然崇尚现代化而必然的一种失落。陶渊明曾有句诗：好味止园葵。如今，我们却远于园葵，好味便自然也就远离我们了。人类虽为万物之灵长，却也如狗熊掰棒子，不可能把棒子都抱在自己的怀里，总会得到一些什么，也要失去一些什么，这是能量守恒。

这一次，我记住了那个地方，叫零公里。这是一个奇怪的却也好记的地名，下次去峨眉，好再尝尝竹笋炒猪肉片。

2006年11月6日于北京

胡杨树

我从来没有见过这样的树。我完全被它惊呆、慑服，为它心潮澎湃而热血沸腾。真的，平淡的生活中，很难有这样的人与事，让我能够如此激动以至血液中腾起炽烈的火焰，更别说司空见惯的被污染的大气层玷污得灰蒙蒙的树了。这样的树却让我精神一振，一下子涌出生命本有的那种铺天卷地摧枯拉朽的力量来。

这便是胡杨树！

这样的树只有这大漠荒原中才能够见到。站在清冽而奔腾的塔里木河河畔，纵目眺望南北两岸莽莽苍苍的胡杨林，我的心中感受到一种从未有过的震撼，如同那汹涌的河水冲击着我的心房。

塔里木河两岸各自纵深四十余公里，是胡杨的领地。前后一片绿色，与包围着它的浓重的浑黄做着动人心魄的对比。这一片浓重的颜色波动着，翻涌着，连天铺地，是这里最为醒目的风景线。

真的，只要看见这样的树，其他的树都太孱弱渺小了。都说银杏树古老，一树金黄的小扇子扇着不尽的悠悠古风，能比得上胡杨吗？一亿三千五百万年前，胡杨就生存在这个地球上了。都说松柏苍翠，经风霜不凋如叶针般坚贞不屈，能比得上胡杨吗？胡杨不畏严寒酷暑，不怕风沙干旱，活着不死一千年，死后不倒一千年，倒地不烂又一千年。松柏抵得上它这三千年如此顽强的生命力和宁折不弯、宁死不朽的性格吗？更不要说纤纤如丝摇弯腰肢的杨柳，一抹胭脂红取媚于春风的桃李，不敢见一片冰冷雪花的柠檬桉；不能离开温柔水乡的老榕树……

胡杨！只有胡杨挺立在塔里木河畔，四十公里方阵一般，横岭出世，威风凛凛。无风时，它们在阳光下岿然不动，肃穆超然犹如静禅，仪态万千犹如根雕——世上永远难以匹敌的如此巨大苍莽而诡谲的根雕。它们静观世上风云变幻，日落日出，将无限心事埋在心底。它们每一棵树都是一首经得住咀嚼和思考的无言诗！

劲风掠过时，它们纷披的枝条抖动着，如同金戈铁马呼啸而来，如同惊涛骇浪翻卷而来。它们狂放不羁在啸叫，它们让世界看到的是男儿心是英雄气是泼墨如云的大手笔，是世上穿戴越来越花哨却越来越难遮掩单薄的人们所久违的一种力量，一种精神！

远处望去，它们显得粗糙，近乎凡·高笔下的矿工速写和罗中立笔下的父亲皱纹斑斑的脸。但它们都苍浑而凝重，遒劲而突兀，每一棵树都犹如从奥林匹亚山擎着火把向你奔来的古希腊男子汉。

走近看，每一棵树的树皮都皲裂着粗粗大大的口子，那是岁月的标记，是风沙的纪念，如同漂洋过海探险归来的航船，桅杆和风帆上挂满千疮百孔，每一处疤痕都是一枚携风兵雷的奖章。每一棵树的树干都扭曲着，如同剽悍的弓箭手拉开强劲的弓弩，绷开一身赤铜色凸起饱绽的肌肉。每一棵的树枝都旋风般直指天空，如同喷吐出的蛇芯，摇曳升腾的绿色火焰。

这样的树，饱经沧桑，参悟人生。它们把最深沉的情感埋在根底，把最坚定的信念写在枝条，把要倾吐的一切付与飞沙走石与日月星辰。这样的树，永远不会和大都市用旋转喷水龙头浇灌的树、豪华宴会厅中被修剪得平整犹如女人刚剪过发的树雷同。

我会永远珍惜并景仰这种树！我摘下几片胡杨树叶带回北京，那是儿子专门嘱咐我带给他的。树叶很小，上面有许多褐色斑点，如同锈的痕迹，比柳树叶还要窄、短，甚至丑陋。但儿子说北京没有这种树。是的，北京没有。

过年的饺子

在我国的节日里,春节是最大的一个节。寻常百姓庆祝这个节日,称之为"过年"。"过年"的这个"过"字,很有些讲究。在我看来,一是指一年即将过完了,新的一年就要来临;一是指为庆祝欢度这个节日的意思,但不说是庆祝或欢度,只说是"过",就像过日子一样的"过",极富普通百姓平易质朴的心思和性情。这是中国语言独有的丰富意味。

千百年来岁月变迁之中,春节的很多风俗变化很大,有些甚至已经不复存在,比如新桃换旧符等。唯一长存不变的,是过年的饺子。考虑到空气污染等因素,甚至连过年的鞭炮现在都可以不要,而被电视里的春节联欢晚会所替代,但饺子是必须得有的。在过年的民俗中,饺子成为千年铁打不变的永恒主角,让我们看到这个风云变幻而激烈动荡的世界上,纵使有朝令夕改和始乱终弃的不少存在，但毕竟还是有恒定的存在，让我们的心铁锚一样，沉稳在这个世界起起伏伏的生活之中。尽管如今早不是过去生活拮据的年代，即使在平常的日子里，我们也常吃饺子，饺子已经屡见不鲜。但是，在过年的这场轰轰烈烈的大戏里，饺子的头牌位置无可取代，可以说，饺子就是春节的定海神针，不吃饺子，不算是过年。

当年，前辈作家齐如山先生对饺子情有独钟，曾经收集过北方关于饺子的谚语有五百多条。民间谚语的流行，是日常生活积淀后的结晶体，是普通百姓语言总结后的艺术表达，是时间磨洗后的民俗史的诗意注脚。一个饺子，居然可以有五百多条谚语，可见饺子对于日常生活的渗透力，记忆影响我们民风民俗的威力。我国的食物品种众多，可有哪一种能够和饺子比肩，也拥有如此多的谚语倾诉在我们的生活里？

关于饺子的谚语，最出名的一句是：团圆的饺子，分手的面。团圆，恰恰是春节最重要的主题。一年将近，新春伊始，在外面奔波的家人，春运的火车再挤，也要千难万难地赶在年三十除夕夜回到家里，吃这顿团圆饺子。饺子这一团圆的象征，将春节的意义仪式化、形象化、情感化，共鸣并共振于全国人民过年的那同一时刻。

那同一时刻，是在年三十之夜和大年初一交替之时，全家聚集一起，饺子端上桌，要和除旧迎新的鞭炮烟花声融汇一起。即使没有了鞭炮和烟花，也是要和电视里的春节联欢晚会那新年的钟声响起融汇在一起的。过年的饺子，如此隆重出场，显示出它非同寻常的味道与意义。这是我们古老的文化传统，就像端午节要吃粽子，中秋节要吃月饼一样，千百年农业社会所造就的食谱，在乡土气息浓郁的代代传递中，固化了这样的文化传统，不仅回味在我们的味蕾中，更融化在我们民族根性的血脉里。这是世界上任何其他国家和民族都少见的。即使今年因为新冠肺炎疫情，很多人会在原地过年，暂时回不了家，但在年三十之夜那同一时刻吃饺子，是不会变的。那一刻两地相隔的饺子，只会更多了一层对团圆思念的滋味。

齐如山先生当年说他曾经吃过一百多种馅的饺子。我不知道，我们国家的饺子馅到底有多少种。不过，我觉得馅对于饺子并不重要。过去有这样一句俗语：包子有肉不在褶上，改一下，说饺子过年不在馅上，也是可以的。饺子馅种类过多，喧宾夺主，则冲淡了饺子本身的象征意义。如同现而今月饼的馅名目繁多，甚至包上了燕窝鱼翅一样，不过是物化和商业化的表征而已。

饺子过年，其中的馅，可以丰俭由人，从未有过高低贵贱之分。过去，皇上过年吃饺子，底下人必要在馅中包上一枚金钱，而且，金钱上必要镌刻上"天子万年，万寿无疆"之类过年的吉祥话，讨皇上欢喜。穷人过年怎么也得吃上一顿饺子，哪怕是野菜馅的呢！曾听叶派小生毕高修先生告诉我这样一桩往事，他和京剧名宿侯喜瑞先生，同在落难之中，结为忘年交。大年初一，客居北京城南，室徒四壁，凄风冷灶，两人只好床上棉被相拥，忽然看到墙角里有几根冻僵了的胡萝卜，忙下地拾起胡萝卜用水洗洗，剁巴剁巴，好歹包了顿冻胡萝卜馅的饺子，也得过年。馅，可以让饺子分贫富，但作为饺子这一整体形象，却是过年时不分贵贱的最为民主的象征。

饺子的形状，在历史的演进中到底是如何形成的，让我很好奇。因为包裹有馅的面食，包子、馅饼、盒子、月饼、元宵，一般都是圆形的，为什么饺子独是弯弯月牙形的呢？我一直不明就里。这里有我们民族文化、民俗和心理的什么样的元素呢？一般解说是饺子这样的形状像是过去的元宝。这和过去拜年时常说的过年话"恭喜发财"是相通的，可以解释得通。但和过年时团圆的意义没有关联。我是不大满意这样的解释的，或者说，这只能是解释的一种。饺子的形状必有更难解的密码在，只是我的学识太浅，不懂得罢了。

后来，读作家魏巍的长篇小说《东方》，其中写到饺子，他比喻下锅的饺子像一尾尾小银鱼，在滚沸的水中游动。不知道这是不是第一次将饺子比喻成小银鱼，但鱼的形象让我想起，在我们的民俗传统中是有讲究的，所谓"吉庆有余"嘛！过去，杨柳青的年画里，专门有印着胖娃娃抱着大鲤鱼的，贴在很多人家的墙上。在老北京，过年的时候，胡同里专门有挑担吆喝着卖小金鱼的小贩，图的就是过年这样喜庆吉祥的意思。这样一说，饺子倒多少和过年的喜庆相关了。饺子的形状,像鱼,总比像元宝更艺术化点儿,也更有了丰富一点儿的意思在了。

我活了七十多岁,过了七十多个春节,过年的饺子,是一顿也没落过的。当年在北大荒,生活艰苦,条件有限,一个生产队,上百号知青,食堂里哪里包得过来那么多饺子?食堂便宰一只肥猪,把肉馅和好,连同面粉发给每个人,让大家八仙过海各显神通包饺子,美名曰:自己动手,丰衣足食。每个人领来面粉和肉馅,馅是现成的,面加水也好和,最后这饺子可怎么个包法儿?连案板和擀面杖都没有啊。大家便把被褥掀起,露出火炕边的那一圈窄窄的炕沿板当面板,用啤酒瓶子当擀面杖,饺子也就硬是包了出来。尽管模样千奇百怪,爷爷孙子大小不一,往洗脸盆里放满水,放在火上烧开,噼里啪啦地把饺子倒进去,水花四溅声和大家的欢笑声交织一起,最后,一大半饺子煮破煮飞,混混沌沌煮成了片汤,毕竟有了过年的饺子可吃,年过得一样热闹非常。当时曾经作诗调侃:酒瓶当作擀面杖,饺子煮熟成片汤;窗外纷纷雪花飞,那年过得笑声扬。

前几年,因为孩子在美国读书毕业后又在那里工作,我去美国探亲,一连几个春节都是在那里过的。那是一个叫作布鲁明顿的大学城,很小的一个地方,人口只有六万,其中一半是大学里的老师和学生。全城只有一个中国超市,也只有在那里可以买到五花肉、大白菜和韭菜,这是包饺子必备的老三样。

为备好这老三样,提早好多天,我便和孩子一起来到超市。超市的老板是山东人,老板娘是台湾人,因为常去那里买东西,彼此已经熟悉。老板见到我进门先直奔大白菜和韭菜而去,笑吟吟地对我说:过年包饺子吧?我说:对呀!您的大白菜和韭菜得多备些啊!他依旧笑吟吟地说:放心吧,备着呢!

那一天,小小的超市挤满了人,大多是中国人,大多是来买五花肉、大白菜和韭菜的。尽管大家素不相识,但望着各自小推车中的这老三样,彼此心照不宣,他乡遇故知一般,都像老板一样会心地笑着。

就要过年了!

2021年春节前夕于北京

太阳味道的西红柿

日子过去得非常快,一旦成了历史,事情便很容易褪色。鲜亮的颜色总是漆在眼前或即将发生的事情上,而不在如烟的往事上。

在北大荒插队,秋天是最美的,瓜园里有吃不够的西瓜和香瓜,让我们解开裤带敞开地吃。但过了秋天,漫长的冬季和春季,别说水果,就是蔬菜都很难见到了。我们要一直熬到夏天的到来,才能尝到鲜,第一个鲜亮亮跑到我们面前的就是西红柿。在北大荒,我们是把西红柿当成宝贵水果吃的。想想一冬一春没有见过水果,突然见到这样鲜红鲜红的西红柿,当然会有一种和阔别多日的朋友(尤其是女朋友)见面的感觉。蠢蠢欲动是难免的,往往会等不到西红柿完全熟透,我们就会在夜里溜进菜园,趁着月光,从架上拣个大的西红柿摘,跑回宿舍偷偷地吃

（如果能蘸白糖吃，比任何水果都要美味无比了）。

那时候，我最爱到食堂去帮伙，原因之一就是可以去菜园摘菜。北大荒的菜园很大，品种很多，最好看的还得数西红柿，其余的菜都是趴在地上的，比如南瓜、白菜、萝卜，长在架子上的菜总有一种高人一等的昂昂乎的劲头。但是，架上的扁豆还没有熟，北大荒的黄瓜五短身材难看死了，只有西红柿红扑扑的、圆乎乎的，样子很是耐看。没有熟的，青青的，没吃嘴里先酸了；半熟不熟的，粉嘟嘟的，含羞带怯；熟透的，红透了从里到外，坠得架子直弯直晃……

离开北大荒好久了，还是总能想起那里的西红柿，尤其是那种皮是红的，切开来里面的肉是粉的，我们管它叫作面瓤西红柿，有种难得的味道，不仅仅是甜是酸，也不仅仅是清新是汁水丰厚，真的是其他水果没有的味道。吃着这种西红柿，躺在一望无边的麦地里，或是躺在场院高高的囤尖上吃，是最美不过的了。我们会吃完一个再拿一个，直至吃得肚子鼓鼓的再也吃不下去为止。那西红柿被晒得热乎乎的，总有一种太阳的味道。

回北京这么长时间了，总觉得北京的西红柿不好吃，酸、汁水少，没有北大荒面瓤的那种。特别是冬天在大棚里靠人造温度和催熟剂长大的西红柿，味道就更差了。而在国外有一种转基因西红柿，样子很好看，价钱也便宜，但一点儿营养没有，更是无法吃。

想起我母亲还在世的时候，有一年的春天，在院子里种了一株丝瓜、一株苦瓜，还种了一棵西红柿。从小在农村长大的母亲，对于种菜很在行，夏天，这几种玩意全活了，长势不错，只是西红柿长不大，就那样青青的愣在架上萎缩了，最后只剩下一个终于长大了，渐渐地变红了。我告诉母亲别摘它，就那么让它长着，看个鲜儿吧。夏天快要过去了，整天晒在那里，它快要蔫了，母亲舍不得看着它蔫下去烂掉，从困苦中熬出来，一辈子总是心疼粮食蔬菜，最后还是把它摘了下来。在母亲的手里，西红柿虽然蔫了，却依然红红的格外闪亮。那一天，母亲用它做了一碗西红柿鸡蛋汤。说老实话，我没吃出什么味儿来。

唯一一次西红柿鸡蛋汤吃出味道的，是三十多年前，弟弟的一位从青海来的朋友，请我到王府井的萃华楼吃饭。那时他们在青海三线工厂工作，比我们插队的有钱。那时候，我已经离开北大荒回到北京好几年了。我是第一次到这样的饭店来吃饭，是冬天，是在北大荒没有水果没有蔬菜的季节，这位朋友点菜时说得要碗汤吧，要了这个西红柿鸡蛋汤。那是一碗只有几片西红柿的鸡蛋汤，但那汤做得确实好喝，西红柿有一种难得的清新。蛋花打得极好，奶黄色的云一样漂在汤中，薄薄的西红柿片，几乎透明，像是几抹淡淡的胭脂，显得那样高雅。

之后，我真的再也没有喝过那样好喝的西红柿鸡蛋汤了。也许，是离开北大荒太久了。也许，仅仅是回忆中的味道。

2008年10月3日于北京

伍

草是怎样一点点绿的

　　我才发现,这是我平生头一次从头到尾看到了春天一步步地向我走来的全过程。
　　像看一场大戏,
　　开场锣鼓是草地上的草,定场诗是公园里的花,
　　压轴戏是一树树参天而清新的绿叶。

草是怎样一点点绿的

住在芝加哥的时候，楼后紧挨着一个叫尼考斯的街心公园，四月份了，却还是一片枯枯的，没有一点颜色。因为天天从公园穿过，到芝加哥大学去，公园成了我新结识的朋友，它的草地、树丛、山坡、网球场，还有一个小小的植物园，都成为我每天的必经之地。它们一点一滴的变化，都逃不过我的眼睛，好奇心让我观察着它们的变化，像看着一个孩子从爬到走到满地跑一天天长大。

最先让我惊喜的是，有一天清早，我忽然看到公园的草地突然绿了，虽然只是毛茸茸的一层鹅黄色的浅绿，却像事先约好了一样，突然从公园的四面八方一起向我跑来。前一天的夜里刚刚下了一场春雨，如丝似缕的春雨是叫醒它们的信使。

我看着它们一天天变绿，渐渐铺成了茵茵的地毯。蒲公英都夹杂在它们草叶间渐渐冒出了小黄花骨朵儿。但树都还没有任何动静，还是在风中摇动着枯涩的枝条，任草地上的草旺绿旺绿聚拢着浓郁的人气，真是够沉得住气的。一直快到了五一节，才见网球场后面的一片桃花探出了粉红色的小花，没几天，公园边上的一排排梨花也不甘示弱地开出了小白花。然后，看着它们的花蕾一天天绽放饱满，绯红色的云一样，月白色的雾一样，飘落在公园的半空中了。尼考斯公园一下子焕然一新，春意盎然起来。

然后，金色的连翘花也开了，紫色的丁香花也开了，每一朵，每一簇，我都能看得出来它们的变化。变化最快的是连翘，昨天才看见枝条上冒出几星小黄花，今天就看见花朵缀满枝条悬泻下满地的黄金。变化最慢的是一种我叫不上名字的树，很高，开出的花米粒一般，很小，总也见它长不大。近处看，几乎看不到它们，远远地望，一片朦朦胧胧的玫瑰红，在风中摇曳，如同姑娘头上透明的纱巾。这种树，在芝加哥大学的图书馆前的甬道旁铺铺展展的一大片，那玫瑰红便显得分外有阵势，仿佛咱们的安塞腰鼓一样腾起的遮天蔽日的云雾，映得校园弥漫在玫瑰色的雾霭之中。

再有变化慢的是树的叶子，几乎所有的花都开了，树的叶子还没有长出来，无论是榉树、梧桐，还是朴树或加拿大杨。一直到芝加哥大学教学楼的墙上的爬山虎都绿了，尼考斯公园草地间的蒲公英的小黄花都落了，长出伞状的蓬松而毛茸茸的种子，它们才很不情愿地长出了树叶。我看见它们一点点冒出小芽，一天天长大，把满树染绿，在风中摇响飒飒的回声。

我知道，这时候才是芝加哥的春天真正地到来了。我才发现，这是我平生头一次从头到尾看到了春天一步步地向我走来的全过程。像看一场大戏，开场锣鼓是草地上的草，定场诗是公园里的花，压轴戏是一树树参天而清新的绿叶。

我忽然想起在北大荒插队的时候，因为那时常常要打夜班脱谷或收大豆、收小麦，在甩手无边的田野上，坐在驮满麦子和豆荚的马车上回生产队的时候，能够看到夜色是怎样退去，鱼肚白是怎样露出在遥远的地平线上，晨曦又是怎样一点点染红天空，最后，太阳是怎样跳上半空中。生平第一次从头到尾看到天是怎样亮的，就是在北大荒。回到北京之后，我再也没有看到这样天亮的全过程了。

同样，在北京，我也从来没有看过草是怎样一点点绿，花是怎样一点点开，树叶是怎样一点点长出来，春天是怎样一步步走来的全过程。也许，不该怪罪我们的城市，也不该怪罪人生的匆忙，是我们自己把自己的眼睛和心磨得粗糙和麻木，在物质至上的社会里，我们顾及的东西太多，便错过了仔细感受春天到来的全过程。只因为清风朗月不用一文钱，便徒让我们感叹良辰美景奈何天了！

2006年5月于芝加哥

北京的树

老北京以前胡同和大街上没有树,树主要都在皇家的园林、寺庙或私家的花园里。故宫御花园里号称北京龙爪槐之最的"蟠龙槐",孔庙大成殿前尊称"触奸柏"的老柏树,潭柘寺里明代从印度移来的婆罗树,颐和园里的老玉兰树……以至于天坛里那些众多的参天古树,莫不如此。清诗里说前门"绿杨垂柳马缨花",那样街头有树的情景是极个别的,甚至我怀疑那仅仅是演绎。

北京有了街树,应该是民国初期朱启钤当政时引进了德国槐之后的事情。那之前,除了皇家园林,四合院里也是讲究种树的。大的院子里,可以种枣树、槐树、榆树、紫白丁香或西府海棠,再小的院子里,一般也要有一棵石榴树。老北京有民谚:"天棚鱼缸石榴树,先生肥狗胖丫头。"这是老北京四合院里必不可少的硬件。但是，老北京的院子里，是不会种松树柏树的，认为那是坟地里的树；也不会种柳树或杨树，认为杨柳不成材。所以，如果现在你到了四合院里看见这几类树，都是后栽上的，年头不会太长。

如今，到北京来，想看到真正的老树，除了皇家园林或古寺，就要到硕果仅存的老四合院了。

在南半截胡同的绍兴会馆里，还能够看到当年鲁迅先生住的补树书屋前那棵老槐树。那时，鲁迅先生写东西写累了，常摇着蒲扇到那棵槐树下乘凉，"从密叶缝里看那一点一点的青天，晚出的槐蚕又每每冰冷的落在头颈上"（《呐喊》自序）。那棵槐树现在还是虬干苍劲，枝叶参天，起码有一百多岁了，比鲁迅先生活得时间长。

在上斜街金井胡同的吴兴会馆里，还能够看到当年沈家本先生住在这里就有的那棵老皂荚树，两人合抱才抱得过来，真粗，树皮皴裂如沟壑纵横，枝干遒劲似龙蛇腾空而舞的样子，让人想起沈家本本人。这位清末维新变法中的修律大臣、我们法学的奠基者的形象，和这棵皂荚树的形象是那样吻合。据说，在整个北京城，这是屈指可数的最粗最老的皂荚树之一。

在陕西巷的榆树大院，还能够看到一棵老榆树。当年，赛金花盖的怡香院，就在这棵老榆树前面，就是陈宗蕃在《燕都丛考》里说"自石头胡同而西曰陕西巷，光绪庚子时，名妓赛金花张艳帜于是"的地方。之所以叫榆树大院，就因为有这棵老榆树，现在，站在当年赛金花住的房子的后窗前，还可以清晰地看到那榆树满树的绿叶葱茏，比赛金花青春常在，仪态万千。

西河沿192号，是原来的莆仙会馆，尽管早已经变成了大杂院，后搭建起的小房如蘑菇丛生，但院子里有棵老黑枣树，一直没舍得砍掉。在北京的四合院里，种马牙枣的枣树有很多，但种这种黑枣树的很少。那年夏天，我专门到那里看它，它正开着一树的小黄花，落了一地的小黄花，真的是漂亮。当然，我说的是十多年前的事情了，不知道如今这棵黑枣树是否还健在。

尽管山西街如今拆得仅剩下盲肠一段，前面更是拆得光光的，矗立起高楼大厦，但甲13号的荀慧生故居还在。当年，荀慧生买下这座院子，自己特别喜欢种果树，亲手种有苹果、柿子、枣树、海棠、红果多株。到果子熟了的时候，会分送给梅兰芳等人分享。唯独那柿子熟透了不摘，一直到数九寒冬，来了客人，用竹梢头从树枝头打下邦邦硬的柿子，请客人就着带冰碴儿的柿子吃下，老北京人管这叫作"喝了蜜"。如今，院子里只剩下两棵树，一棵便是曾经结下无数次"喝了蜜"的柿子树，一棵是枣树。去年秋天，我去那里，大门紧锁，进不去院子，在门外看不见那棵柿子树，只看见枣树的枝条伸出墙头，枣星星点点，结得挺多的。老街坊告诉我，前两天，刚打过一次枣。

离荀慧生故居不远的西草厂街88号的萧长华的故居里，也有一株枣树，比荀慧生院子的枣树年头还长。同荀慧生爱种果树一样，这棵枣树是萧长华先生亲手种的，前些日子去那里看，虽然院子已经凋零一片，但枣树居然还活着。

在北京四合院里，好像只有枣树有着这样强烈的生命力。因此，在北京的四合院里，枣树是种得最多的树种。小时候我住的四合院里，有三株老枣树，据说是清朝时候就有的树，别看树龄很老，每年结出的枣依然很多，很甜。所谓青春依旧，在院子里树木中，大概独数枣树了。我们大院的那三株老枣树，起码活了一百多年，如果不是为了后来人们的住房改造砍掉了它们，起码现在还可以活着。如今，我们的大院拆迁之后建起了崭新的院落，灰瓦红柱绿窗，很漂亮，不过，没有那三株老枣树，院子的沧桑历史感，怎么也找不到了。

如今，北京城的绿化越来越漂亮，无论街道两侧，还是小区四围，种植的树木品种越来越名目繁多，却很少见到种枣树的。这种变化，是老北京断然没有想到的，人们对于树木的价值需求和审美标准，就这样发生着变化。老北京四合院的枣树，在这样被遗忘的失落中，便越发成为过往岁月里一种有些怅惘的回忆，很有些老照片的感觉。

在我所见的这些树木中，最容易活的树是紫叶李，最难活的是合欢树，亦即前面所引清诗里说的马缨花。十多年前的夏天，我的孩子买房子时，便是看中小区里有一片合欢树，满眼毛茸茸的绯红色花朵，看得人爽心悦目。如今，那一片合欢树，只剩下六株苟延残喘。记得我读小学的时候，离我家不远通往长安街的一条大道两侧，种满合欢树，夏天一街茸茸粉花，云彩一般浮动在街的上空，在我的记忆里，是全北京城最漂亮的一条街了。可惜，如今那条街上，已经一株合欢树也没有了。

在离宣武门不远的校场口头条，那是一条闹中取静的小胡同，在这条胡同的47号，是学者也是我们汇文中学的老学长吴晓铃先生的家。他家的小院里，有两株老合欢树，不知道如今是否还活着。那年，我特意去那里，不是为拜访吴先生，因为吴先生已经仙逝，而是为看那两株合欢树。合欢树长得很高，探出墙外，将毛茸茸的粉红色的花影，斑斑点点地正辉映在大门上一副吴先生手书的金文体门联"宏文世无匹，大器善为师"上。那花和这字，才如剑鞘相配，相得益彰。如诗如画，世上无匹。

曾经有一段时间，我着了迷一般，像一个胡同串子，到处寻找老院子里硕果仅存的老树。都说树有年轮，树的历史最能见证北京四合院沧桑的历史。树的枝叶、花朵和果实，最能见证北京四合院缤纷的生命。尤其是那些已经越来越少的老树，是老四合院的活化石。老院不会说话，老屋不会说话，迎风抖动的满树的树叶会说话呀。记得写过北京四合院专著的邓云乡先生，有一章专门写"四合院的花木"。他格外注重四合院的花木，曾经打过这样一个比方，说京都十分春色，四合院的树占去了五分。他还说："如果没有一树盛开的海棠，榆叶梅，丁香……又如何能显示四合院中无边的春色呢？"

十多年过去了，曾经访过的那么多老树，说老实话，给我印象最深的，还都不是上述的那些树，而是一棵杜梨树。

那是十二年前的夏天，我是在紧靠着前门楼子的长巷上头条的湖北会馆里，看到的这棵杜梨树。枝叶参天，高出院墙好多，密密的叶子摇晃着，天空浮起一片浓郁的绿云。春天的时候，它会开满满一树白白的花朵，煞是明亮照眼。虽然，在它的四周盖起了好多小厨房，本来轩豁的院子显得很狭窄，但人们还是给它留下了足够宽敞的空间。我知道，人口膨胀，住房困难，好多院子的那些好树和老树，都被无奈地砍掉，盖起了房子。前些年，刘恒的小说《贫嘴张大民的幸福生活》，被改成电影，英文的名字叫作《屋子里的树》，是讲没有舍得把院子里的树砍掉，盖房子时把树盖进房子里面了。因此，可以看出湖北会馆里的人们没有把这棵杜梨树砍掉盖房子，是很不容易的事情，也是值得尊敬的事情。

那天，很巧，从杜梨树前的一间小座里，走出来一位老太太，正是种这棵杜梨树的主人。她告诉我她已经八十七岁，不到十岁搬进这院子来的时候，她种下了这棵杜梨树。也就是说，这棵杜梨树有将近八十年的历史了。

那年的冬天，我旧地重游，那里要修一条宽阔的马路，湖北会馆成为一片瓦砾，但那棵杜梨树还在，清癯的枯枝，孤零零地摇曳在寒风中。虽多少有些凄凉，但毕竟还在。我想起了一位俄罗斯的作家写过的一篇小说，说一座城市修路，中间遇到一棵老树，于是这座城市的领导和专家一起讨论，要不要为了路把树砍掉？最后，为了树，路绕了一个弯。心里为这棵杜梨树庆幸，也许为了它，新修的马路也会绕一个弯。

那位老太太让我难忘，还在于她对我讲过这样一段话。那天我对她说：您就不盼着拆迁住进楼房里去？起码楼里有空调，这夏天住在这大杂院里，多热呀！她瞥瞥我，对我说：你没住过四合院？然后，她指指那棵杜梨树，又说：哪个四合院里没有树？一棵树有多少树叶？有多少树叶就有多少把扇子，只要有风，每一片树叶都把风给你扇过来了。老太太的这番话，我一直记得，我觉得她说得特别好。住在四合院里，晚上坐在院子里的大树下乘凉，真的是每一片树叶都像是一把扇子，把小凉风给你吹了过来，自然风和空调里制造出来的风不一样。

日子过得飞快，十二年过去了。这十二年里，偶尔，我路过那里，每次都忍不住会想起那位老太太。那棵杜梨树已经不在了，我却希望老太太还能健在。如果在，她今年九十九岁，虚岁就整一百岁了。

2017年6月26日于北京

西湖邂逅

戊戌之秋，在杭州住了十天，可以好好地看看杭州。看杭州，主要看西湖。在我看来，西湖最美，尽管旧景九溪的溪水、满觉陇的桂花，新景西溪的湿地，都不错，但都无法和西湖相比。没有西湖，便没有了杭州。

我不喜欢旅游团式的走马观花，西湖一日游，是远远看不大清楚西湖的。十天虽不长，总可以稍稍细致一些看看西湖了。更何况是秋天，西湖最美的季节。

西湖的美，不仅美在湖光山色的自然风光，更在于有美不胜收的人文风景。这一次，将西湖整整地绕了一圈，白堤苏堤孤山，南山路北山路湖滨路，都细细地用脚丈量，哪一处都没有省略。如此一圈，我主要是寻找名人故居。我对这样的地方情有独钟，虽然人去楼空，更是重新整修，并非原汁原味，但旧地毕竟还在，四围山色和水影依旧。走在这样的地方，总能让我想象当年主人在的时候的情景，依稀感受到一些当时的气息，便觉得有了这样旧地的依托，主人便未远去，像只是出门，稍等片刻，就会回来。

哪里可以找到西湖四周如此众多的名人故居？明清两代帝都北京，名人故居也不少，甚至更多，却天女散花一般散落在各处，布不成阵。尽管一度密集于宣南，近些年毁于拆迁之中很多，大多已经是放衙非复通侯第，废圃谁知博士斋，难以形成环绕西湖这样的阵势。心想，幸亏有西湖，没法拆或填平，西湖是这些故居的保佑神。也是一面镜子，照得见世风跌宕和人生况味。

第一站，先去了黄宾虹故居，曲院风荷的对面，沿栖霞岭上坡没几步路便到。然后陆续去了林风眠、唐云、潘天寿、沙孟海、俞樾、马一浮和盖叫天故居。印象最深的是林风眠和盖叫天两地故居。

这两处旧地，都在西湖稍偏处，去的游人极少，与西湖游人若织比，安静得犹如世外隐者。两处都是上个世纪30年代所建，一个是西式小楼，一个是中式庭院；一个身处密树林，一个面临金溪水。猜想选择这样的地方，并非最佳的得意之所，而是这里地僻人稀，图的是不饥不寒万事足，有山有水一生闲。如今，却成为西湖难得的风景之一。岁月的磨蚀，让老院生满湿滑的青苔，旧宅摇曳斑驳的树影，一脚踩上，回响的是往昔的回声。

林风眠故居紧靠杭州植物园,紧靠灵隐路上,没有院墙,掩映在葱郁的林木之中。如果没有新盖的一个小卖部亭子,一眼可以看见刻印着吴冠中题写的"林风眠故居"的那块石头,望得到那座灰色的二层小楼。

去那里的时候,是个细雨蒙蒙的黄昏,昏暗的光线中,林木的绿色深沉得有些压抑,不过倒是和那座灰色的小楼颜色很搭。灰色的冷色调,也是林风眠后期作品背景的主色调。那是那个时代投射在他画布上,也是投射在他心上的抹不去的影子。

走进这座林风眠自己设计的法式小楼,厅前的墙上挂着他的学生画的他肖像的油画复制品,背景是《秋鹜》等林风眠代表作中的物象。那画比照片显得胖些,更加慈祥,仿佛与世无争似的,少了些阅尽春秋的沧桑。在那个年代那批留学法国所有的画家中,可以说没有一位赶得上林风眠生不逢时的潦倒与凄凉。很长一段时间,他甚至没有工作,没有一文钱的工资收入,那个时候,他的画不值钱,卖不出去。特别是妻子和女儿离他而去了巴西,他是彻底的孤家寡人,孤魂野鬼一样,游荡在画界之外。在他的人生际遇中,除了蔡元培最为欣赏并帮助过他,几乎再无什么人伸出援手,特别是在他最为艰难的时刻。

一楼的展厅里,陈列着一张他居住的上海家里一个马桶的照片。"文化大革命"期间,他就是把自己的几百幅画泡烂在浴缸里,然后从这个马桶冲走。时过境迁之后,没有了这些珍贵画作的影子,只有这样一个马桶的照片。世事苍凉跌宕,人事荣枯沉浮之后,忍不住想起放翁的一句诗"名山剩贮千秋叶,沧海难量一寸心",不禁慨然。

林风眠在这座小楼里,只住过十年。那十年,虽然也是生活颠簸,却毕竟和妻子女儿在一起。二楼他的画室,硕大的画案旁,有他的一张单人床。画累了,他就在这里休息。楼下有妻子和孩子,他可以睡得很安稳。看到墙上挂着他的女儿捐献的当年全家福照片,心里漾起难言的感伤。

盖叫天故居在西湖西岸,隔着杨公堤,进赵公堤,路很近。这是一座很大的宅院,比起林风眠的故居要气魄得多。门不大,是江南那种常见的石框宅门,门楣上有马一浮题写的"燕南寄庐"的石刻门匾。按北京四合院的规矩,这是一座两进院,前院客厅,后院居室,但和北京不同,是典型的江南民居格局,进门后有甬道蜿蜒直通后院,而非靠回廊衔接。后院阔大,是练功的场地。院子中央,有两棵老枣树,非常奇特,相互歪扭着沧桑的枝干,交错在了一起。不知道什么时候开始渐渐长成这样的,心想和盖叫天晚年扭曲的人生倒是暗合。

从1930年到1971年去世,盖叫天人生大半居住在这里。前厅叫"百忍堂",同"燕南寄庐"有客居江南的寓意一样,"百忍堂"也有自己的寓意所在,不仅见主人的品性,也可见当年艺人的辛酸之处。如今的客厅，悬挂有陈毅题写的对联"燕北真好汉，江南活武松"，还有钱君匋题写的对联"英明盖世三岔口，杰作惊天十字坡"。后者嵌入了盖叫天演出的两出经典剧目名字，前者道出盖叫天当年有"江南活武松"的称号，并道出1934年一桩尽人皆晓的往事。那时的盖叫天四十六岁，演出《狮子楼》时，一个燕子掠水的动作从楼上跳下，不慎跌断了右腿，仍然坚持演出到最后。后来，庸医接错断骨，盖叫天为能重登舞台，竟然自己将腿撞断在床架上，重新接骨而成，不是好汉是什么？

走进这座宅院，阳光如水，格外灿烂，仿佛涤净往事的一切龌龊与悲哀。不知还有多少杭州人记得，"文化大革命"中，七十八岁的盖叫天被押在车上游街批斗，刚正不阿的盖叫天不服，硬是从车上跳下，被人生生打断了腿。如此两次断腿，对于盖叫天而言，真是条汉子；对于打断他腿的人来说，又是什么呢？想起郁达夫忆旧诗："三月烟花千里梦，十年旧事一回头。"而今，五十年过去了，谁还能为如此旧事一回头，并能垂下自己忏悔的头呢？

西湖一圈，绵延出这样多的旧事，林风眠未眠，盖叫天尚天，西子湖边忆，情思总缠绵。以前，来西湖多次，都是匆匆一瞥。这一回，总算偿还心愿，和这些故人邂逅。略微不满足的是，今年秋天雨水多，很多桂花未开就被打落，没有见到环湖桂花飘香的盛景。还有，故居修旧如旧，整修得都不错，但是院中的雕像并不如意，基本都是坐在椅子上的一个姿势，雷同得和风姿绰约的西湖不大相称。盖叫天的雕像，倒不是坐姿，是练功的形象，只不过过于具象，缺乏点儿想象力的灵动。倒是后院里的青铜塑像，很是别致，一把椅子，搭着武松的衣服，放着武松的软帽，地上摆着武松的软底靴。仿佛盖叫天刚刚练完功，回屋休息去了。如果我轻叩房门，兴许开门的就是盖叫天。是1930年"燕南寄庐"刚刚建成时的盖叫天。那时候的盖叫天四十二岁。

如果这时候出来，是整整一百三十岁的盖叫天。

2018年9月底记于杭州
2018年10月1日写毕于北京

水的传奇

我一直以为,如果看水,有两个地方的水最值得看,一个是九寨沟的水,一个是尼亚加拉大瀑布。可以毫不夸张地说,看过这两个地方的水,其他地方的水可以不必再看了。

如果看水的柔韧劲、可塑性,看水是如何将绚烂归于平淡,将刚劲寓于柔顺,将流动化为宁静,将一时融于永恒,那一定要去看九寨沟的水。那里的水化繁为简,化整为零,将浩瀚的水天女散花成一个个珍珠般串联的湖泊。每一个湖泊都是那样清澄透明,纤尘不染,将水本来的无色透明,幻化成孔雀蓝的蓝色,蓝得让人心醉,让人如同看到教堂里洗礼用的圣洁露水,如同听到教堂里管风琴演奏的《圣母颂》,而不敢有丝毫的俗尘杂念,懂得并真真地看到人世间居然有纯洁美好和透彻的净,就在这里远避尘嚣而静静地存在。

如果看水的激扬、水的冲动、水的澎湃，看水是如何将平常琐碎的嘈杂的泡沫般的一切变为顶天立地的世界，将儿女情长的喃喃细语化为了誓言一般的慷慨悲壮，将千年的积蓄爆发于瞬间的一时，将压抑的心情冲出胸膛，将万马齐喑的场面搅成冲天怒吼，将风花雪月的迷恋变为金戈铁马，那一定要去看尼亚加拉大瀑布。

九寨沟的水，是阴柔的，是女性的；尼亚加拉大瀑布则是阳刚的，男性的。上天在造水的时候，和上帝造人一样，故意要造成这样对称的两极，让这样性别和性格迥异的水，呈现在人类的面前，仿佛上苍抛向人间的两面镜子，让我们能够时时照亮自己的容颜和心地，看看我们和大自然的距离。

我终于看到了心仪已久的尼亚加拉大瀑布。

是晚上，夜色和灯光双重作用下的瀑布，以那样轩豁而宽阔的幅度和面积，从你的身旁直直地坠落下去，不惜粉身碎骨，也要举身赴清池一般决绝地直冲而下，真的是烈性十足。而就在刚刚，就在一步之遥，它的水还是平静地流淌着，和我们平常见到的水没有什么两样。突然间，它就像我们的川剧里的变脸一样，一跃而起，冲天一怒，将平静庸常的水迸发出另一种形态，崩落成一天飞溅四溢的雪浪花，宛若千树万树梨花开，宛若欢蹦乱跳着拥挤着互不相让赶赴约会的夜精灵，宛若义无反顾地高空蹦极的无畏勇士。

要我看来，看尼亚加拉大瀑布，白天比夜晚更要精彩、更要真实。夜色下的大瀑布，有些像是王尔德笔下穿戴着朦胧的七层纱跳舞的魔女莎乐美，带有拉美的魔幻色彩，却也多少让大瀑布变形，让大瀑布变得亦真亦幻，似是而非，变得加入了夜色迷离的色泽和灯光闪烁的科技元素。白天看大瀑布，大瀑布才是本色的、原装的，未经化妆和加色的，彻底地脱下了七层纱，就像雷诺阿笔下那些壮硕的裸女，将美丽而健康的胴体展示在光天化日之下，水花如雪，是那样的洁白；激流如歌，是那样的壮烈；排阵如兵，是那样的气势雄伟，如同看到了一场古罗马冷兵器时代的战争。

第二天上午，我又去看了大瀑布。大瀑布从山崖跌落下去，虽然只是瞬间的事情，却是经历了从平缓到崩落到激流到云雾到彩虹，这样几个步骤，层次是那样的鲜明清晰，衔接又是那样的缝若天衣，贯穿又是那样的一气呵成。特别是彩虹，无论你站在哪个角度，都可以看到瀑布跌落时被猎猎天光映射出来的七色虹霓，如同从水中钻出来的彩色蜥蜴或珊瑚，弱若无骨，袅袅婷婷，在和气势不凡旁若无人的瀑布调情。

想起宗璞先生80年代里笔下的尼亚加拉大瀑布，她说大瀑布是"整个的雪原从天上崩落了"，是"崩落了还在奔跑的雪原"。我以为是迄今描写尼亚加拉大瀑布最美也最真的意象。

来看尼亚加拉瀑布的人，一般都要乘船近距离再看大瀑布的。因为，从美国一方看大瀑布，只能看到美国这一面的两道瀑布，即名曰美国瀑布和新娘面纱瀑布，而尼亚加拉大瀑布是由三道瀑布组成的，其中最大的马蹄瀑布在加拿大一方，必须乘船而游。这时候，三大瀑布方可一览无余，也才更能够体验三道瀑布的气势，因为这时候人是仰视的，瀑布显得越发雄伟，人在这样的大自然壮观面前，真的是很渺小的。说尼亚加拉大瀑布是世界的第七大奇观，确实名不虚传，这时候的感受就犹如三道瀑布同时在心里激荡，那种感觉好像你在等待着一次充满期待的旅程，即将出发，心里跃跃欲试，鼓胀着八面来风。

船行一会儿的工夫，马蹄瀑布便越来越清晰，它确实呈马蹄形，敞开怀抱，伸出双臂，在招呼着人们。据说它宽有两千五百英尺，宽阔得如同巨人的胸膛。当船越来越靠近它的时候，水的轰鸣的声音越来越响亮，水的雾气也越来越浓烈越来越清冽。等船行至瀑布下面的时候，水的形态完全不见了，只感到包围在身边的是白茫茫的雾气，仿佛整个世界在这一刻都变成了霭霭雾气，载我们湿漉漉地飘飘欲仙。

那一刻，其实，我已经看不见什么马蹄形的瀑布了，只好像进入了一个水晶般的巨大的罩子里面。它让我第一次感觉到，水居然可以形成这样一个神奇的世界，虽然穿着雨衣，你的身子已经几乎全被水打湿了，但你看不见一滴水，看见的只是白茫茫一片，像雪、像雾、像千古的冰川。如果站在上面看，就像宗璞先生说的，瀑布像是"崩落了还在奔跑的雪原"，那么，在这里近距离地和瀑布亲近，瀑布就像是一个凝固的童话世界。如果站在上面看瀑布，还只是乐曲的第一章，那么，这里则是瀑布的华彩乐段了。

我又想起了九寨沟的水，和尼亚加拉大瀑布相比的话，那像是一部温馨浪漫的生活影片，荡漾着属于东方的审美情调；尼亚加拉大瀑布则是一部桀骜不驯的西部牛仔影片，每一滴水珠里都仿佛有一个神灵在横刀跃马，仰天长啸。

如果说九寨沟的水是上天留给人间的一个童话，那么，尼亚加拉大瀑布则是上天留给我们的一个神话。

如果九寨沟的水是一首诗，尼亚加拉大瀑布则是一段传奇。

2010年9月尼亚加拉大瀑布归来

2011年8月写毕于北京

小镇之春

如今,旅游是一种时髦。富裕起来的国人的一大爱好,便是旅游。对于我,到国外,我更喜欢去那些小镇。所谓国际大都会的名城,其实是千篇一律的风景和人满为患的嘈杂。

说起旅游,我忽然想起眼下时髦的电视相亲节目中,无论男女老少,在面对选择的对象介绍自己的特长爱好时——看吧,几乎都包括"旅游"这必不可少的一项。那劲头儿,就和刚刚粉碎"四人帮"不久,新出现的征婚广告,在介绍自己时爱说"本人爱好文学"一样。"文学"和"旅游",是为这样两个不同时代镶嵌的两个耀眼而别致的花边。它们几乎可以载进史册,成为历史中一段不可或缺的集体记忆。

我不喜欢跟着旅游团摇晃着小旗那种走马观花的旅游,我更喜欢在一个地方住下来,稍微悠闲一些,稍微仔细一些,看看当地的民风民情。小镇,便给我提供了这样的一道风景。无论美国东岸的新希望小镇,还是西岸的卡梅尔小镇,都给我留下了难忘的印象。

这一次,我来到的小镇是纳什维尔。它只是美国中部一个普通的小镇。我已经不是第一次来到这个小镇了。连续六年,春秋和夏,三个不同的季节里,我都不止一次地来过这里。当然,春天的小镇最美。今年开春雨雪交错而来,天气乍暖还寒,依然没有遮挡住小镇的美丽。而且,天说暖了就暖了,一下子丁香、紫荆、杜鹃、海棠和晚樱都开了,点缀着小镇有几分妖娆别样的风情。

同欧洲的小镇相比,美国的小镇没有什么历史,便没有什么名胜古迹可看。纳什维尔一样如此,而且,它更像一个村镇,没有什么特殊的洋味儿,倒有些乡土气息。几条主要街道两旁,一百多年的老房子,变成了各种各样的小店,鳞次栉比,成为人们逛小镇的主要节目。这些小店,并不像我们的南锣鼓巷,以吃为主,以赚外地人钱为主。除几家有限的比萨店、咖啡店和冰激凌店之外,小镇大多是卖各种特色货品的小店,各店很少雷同。

有一家专门卖手工艺品的小店,自己用木头做的小艺术品,自己烧制的茶杯,自己手工制作的树皮美术笔记本……都会让人耳目一新。有一家专门卖用废弃的工业原料,如螺母、钢管、铁片之类的东西制作成的艺术品,如风铃、挂钟、图案招牌……琳琅满目，充满想象力。每一次来，我总要到这几家小店逛逛，顺便买一两件小玩意儿。还有一家，专门卖世界各地产的咖啡豆，每一次去，我也不会忘记光顾，因为在这里可以买到非洲产的咖啡豆，是别处见不到的，味道就是不一样。

有意思的是，六年前，第一次来这里是什么样子，六年过去了，还是什么样子，所有的小街，所有的小店，都还是老样子，连门脸油漆的颜色，门前花坛上盛开的鲜花，都还是一样的。小镇的中心小广场，和对面宽敞的绿地，还有那几处不大却花团锦簇的街心花园，花园里的长椅，都没有任何的变化，一切让你感觉走的都还是你曾经来过的老地方，那些熟悉的老地方，像你的老朋友一样，情分未变。

我想起天津大学建筑学教授荆其敏先生，他将这样的老地方称之为城镇布局中的"情事节点"和"亲密空间"。他曾经说："许多城市中著名的情事节点多是自然形成并逐渐成为传统的。"成为传统，说得多好，老地方的价值就在于它伴随着历史一道，已经成为这座城市（包括小镇）带有感情色彩的独到传统。可惜，在商业利益面前，这样的传统已经断档。如果是我们这里，像纳什维尔小镇空着那样空阔的绿地，早就见缝插针盖起了楼盘。

还有意思的是，小镇虽小，也有自己的一座历史博物馆，就在绿地的后面，一棵大树掩映下的一座木制的小楼。不是麻雀虽小五脏俱全,而是珍爱自己,再小的小镇,都有属于自己的一段历史,就像再小的小树,也有属于自己的年轮。

2018年5月9日于纳什维尔

大理看花

在植物中,我崇敬微小的,因此,一直以为草比树好看,花比草好看。到了云南,在昆明看花,比在北京好看;到大理看花,又比昆明好看。细琢磨一下,或许是有道理的。人靠衣服马靠鞍,花草虽小,却也是需要背景来衬托的,远离大自然,她们来到城市,不会像我们人一样挑挑拣拣,但是,城市的背景却会在有意无意间衬托出她们不同的风姿。说是一方水土养一方人,其实,也是一方水土养一方花。

老城昆明,除了翠湖一带,还能依稀看到老模样,其他地方如今已被拆得七零八落。大理,毕竟还保留着古城,而且,四围有苍山洱海的衬托,上下关之间有白族老村落相连,乡间和自然的气息挡不住,同样的花,在这里便呈现出不一样的内容。所谓石不可言,花能解语呢。

车还没进大理古城,头一眼便看到城墙外有一家叫作"小小别馆"的小餐馆,墙头攀满三角梅,开得正艳。三角梅,在云南看得多了,但这一处却印象不同。餐馆是旧民居改建而成,白族特有白墙灰瓦的衬托,三角梅不是栽成整齐的树,或有意摆在那里的装饰,而是随意得很,像是这家的姑娘将长发随风一甩,便甩出了一道浓烈的紫色瀑布,风情得很。

和老北京一样,大理老城以前是把花草种在自家院子里的,除了三角梅,种得更多的是大叶榕和缅桂花,缅桂花就是广玉兰,白族民歌爱唱:"缅桂花开哟十里香……"大叶榕是白族院子里的风水树,左右各植一株,分开红白两色,被称为夫妻花。如今,进了大理古城,中心大道复兴路两边的街树都是樱花,显然是最近后种的,与大理不搭,或者说是混搭。大理市花是杜鹃,沿街种杜鹃才对。当然,看大理杜鹃,要到苍山,看那种雪线上的高山杜鹃,红的、粉的、白的、黄的,五彩缤纷,铺铺展展,漫山遍野,让大理有了最能代表自己性格和性情的花的背景。这大概是别的古城都没有的壮观。

如今,去大理古城,摩肩接踵,人满为患。其实,离大理古城不远,还有一座古镇,叫喜洲,也隶属大理,去的人不多,还保留着难得的属于20世纪的古老和清幽。喜洲古镇没有大理古城大,却是大理商业的发源地,可以说是,先有的喜洲古镇,后有的大理古城。古丝绸之路兴起时,云南马帮号称有四大帮,其中之一便是喜洲帮。他们便是自遥远的南亚乃至中东，从喜洲进入大理，将最早的资本主义种子带进大理萌芽开花。

所以，大理最有钱的人，不是在大理古城，而都是出自喜洲；大理最气派而堂皇的白族院落，不是在大理古城，而都在喜洲。当然，大理最漂亮而风情万种的花，也应该是在这里。

喜洲古镇城北之外，有一座坐西朝东的院落。这是号称"喜洲八大家"之一杨家的老宅。喜洲还有四大家，是喜洲最有名最富有的人家，八大家略逊一筹，因此，它被挤在城外，想是当年喜洲城盖房之热，和我们现在一样，商业带动房地产开发，城里没有了地皮，便扩城而延伸到城外。即便如此，杨家大院也非同一般，四重院落，前两院住人，第三院是马厩，最后一院是花园。可惜的是，后花园早被毁掉，现在栽种的都是后来补种的花卉，笔管条直，如同课堂里的小学生，缺少了点儿生气。

后花园院墙上有开阔的露台，爬上去，前可以眺望洱海，后可以眺望苍山，视野一下子开阔。坐在露台上品普洱茶，忽然看见杨家院墙满满一面墙，开满着爆竹花。这种花花朵硕大，像爆竹，被白族人称为爆竹花。这种花呈明黄色，在所有的花中，颜色格外跳，十分艳丽。满满一面墙的爆竹花，在夕照映衬下，像一列花车在嘹亮的铜管乐中开来，让整个院子都像燃烧了一样。这是我见到的最不遮掩最奔放的花墙了。

离开喜洲古镇前，在一家很普通的小院的院墙前，看到爬满墙头的一丛丛淡紫色的小花。叶子很密,花很小,如米粒,呈四瓣,暮霭四垂,如果不仔细看,很容易忽略。我问当地的一位白族小姑娘这叫什么花。她想了半天说,我不知道怎么说,用我们白族话的语音,叫作"白竺"。这个"竺"字,是我写下的。她也不知道应该是哪个字更合适。不过,她告诉我,这种花虽小,却也是白族人院子里常常爱种的。白族人爱种的花,可是真不少。小姑娘又告诉我,白族人的这个"白竺",翻译成汉语,是"希望"的意思。

这可真是一个吉祥的好花名。

2014年11月14日记于大理

水墨仙境楠溪江

在中国，有名的江很多，比如北方的松花江、黑龙江……一听这些名字，就透着豪爽的气派；南方的漓江、邕江……这些名字则有着独有的细腻和秀丽。楠溪江，这名字还显得有些稚嫩，不如上面那些江叫得响亮。但它现在有一个最独特的优势，那就是它的清澈，三百里蜿蜒流淌下来，没有一点污染。

这样清澈的江，不要说在中国，就是在世界也实在是太少了。原来，我认为中国最美的江要数漓江了。三十多年前，第一次看到漓江，真被它陶醉了，那美丽的江，山在江上映出美丽的倒影，水墨画一样，仙境一般……如今已经污染了。原来，我以为世界上多瑙河、莱茵河是蔚蓝无比，清澈透明犹如雪莱的诗句。但几年前真正地走到它们的跟前，看见它们也一样的污染了。

然而，楠溪江，没有污染，举世皆浊唯我独清！这一条，就可以让楠溪江骄傲而独立于世，让所有那些变得浑浊的江河向它竞折腰。

楠溪江位于浙江永嘉县内，从上游石桅岩流到下游狮子岩，流过三十六湾七十二滩，流过了千年百年，就这样一直没有一点污染地流着，不带一丝杂质地流着，清澈而清白地流着，真是人间的一个奇迹。

我想清澈这个词应该是专为它而设置的，因为水透明得已经没有了深度，水底的鹅卵石、水草和小鱼，仿佛就在眼前，伸手摸它们，其实还在很深的地方。

清白这个词应该也是专因它而有了意义，阳光不仅仅照射在水面上，能一下子照射在水底，反射上来，和阳光逗着玩，闪烁着迷离跳跃的光斑，只有它不为所动，依然是那样透明干净，气定神闲，宁静致远。

最好是乘坐竹排顺江而下，水在脚下，一路迤逦亲近着你，湿润而温馨，最能体味楠溪江的美妙，处处入画，处处是诗。竹排没有污染，才会和江水那样亲密无间，我们也才会体会到水如净土、鱼若行空的澄净透明。能见到远处的蚱蜢舟和船头的鱼鹰，如国画中点染出的水渍墨晕，静静的超凡入圣一般，方显出江在平缓而幽美地流动。两岸的滩林婆娑摇曳，杨树、枫树、松树、杨梅树，尽情地舒展着腰身，像是一江平静的碧水长出了婀娜多姿的秀发，随风飘逸，显出楠溪江风情万种的一面。在六月杨梅成熟的季节来，是最好不过的了，滩林中杨梅树红红的，晶莹得一闪一闪，仿佛小小的精灵，更让楠溪江彻底地活了起来。

都说女儿是水做的，那得是好水，就像楠溪江的水一样。其实，反过来可以说好水也是女儿做的，楠溪江就是好女儿做成的，是那种藏在深闺的漂亮女儿做的。这一点很重要，藏在深闺的漂亮，是没有污染的漂亮，是清水出芙蓉、天然去雕饰的漂亮，一派天籁，清新纯真。走出深闺，尤其是走到热闹地方的漂亮，往往是世俗的漂亮，是化妆的漂亮。如果说后者可能比楠溪江有名，那只是明星，楠溪江则是山里的小姑娘。明星可以有人工切割的双眼皮和粘上的眼睫毛，却永远不会有山里小姑娘如同楠溪江水一样清澈明亮的眼睛。

还要说一句，楠溪江上那些汲溪碇步（古时称"过水明梁"），实在是太漂亮了。那是楠溪江独特的风景，是用一块块方方正正的蝶石垒在楠溪江中，刚刚高过水面，每块石碇间有一段小小的间隔，横躺在水中，像一个美丽的口琴，江水从中潺潺流过，吹响清亮的乐章，那是只属于楠溪江自己的旋律。

汲溪碇步在楠溪江起着桥的作用，却没有桥的高高在上，人们走在石碇上，和水是那样亲近，水可以随时像鱼儿伸出的嘴一样，唔唔地舔着人的脚；人也可以随时弯下腰来，掬一捧水喝，便把一江湿润而清澈响亮的音符也饮进腹中了。

实在要修桥也是没办法避免的事，但千万别在楠溪江上人工修建过多的桥，汲溪碇步就是楠溪江最好最漂亮的桥。如果说楠溪江是山里小姑娘明亮得不染一点云翳的眼睛，汲溪碇步就是一道道自然而恰到好处的眉毛。

到扬美古镇有多远

到扬美古镇,从广西南宁出发,只有三十六公里。其实并不远,但由于路况赶不上高速公路,三十六公里的路程,颠簸迤逦而来,开车要走一个多小时,路显得远了一些。不过,依据我的经验,到一个类似古镇的旅游景点去,如果路况非常好,一路高速,平坦开阔,无遮无挡,一般那里也就容易人满为患,路是好跑了,景色却大打折扣,再画蛇添足搞一些人工景观,浓妆艳抹,就更不足为观,所以有人说人多的地方无风景,不无道理。

去扬美古镇的路,显得遥远而难跑一些,恰恰是吸引我的地方。藏在深闺人未识,扬美应该保存着最为淳朴美丽的特色,万籁俱寂,万物如洗,清新如同田野里的风,干净如同没有被污染的溪水,一定会让我一饱眼福而叹为观止。四年前,我去广西大新县看德天瀑布，就是和今天去扬美的情景一样，路也不大好跑，但是，到了那里一看，比想象的还要壮观，飞天而下的瀑布，溅落在静静的山谷间，响彻着旁若无人的轰鸣，觉得真是不虚此行。

所以，我相信，去扬美古镇，一定也会是不虚此行。

当路越来越细，人越来越稀，甘蔗林越来越密，香蕉树越来越郁郁葱葱，而风中裹挟而来的花香越来越芬芳诱人的时候，我知道，扬美古镇快到了。而这一路上在起起伏伏的山坡谷地上那一眼望不到边的甘蔗林、香蕉树，本身就是南国一派独特的风景线，先声夺人，让你对扬美多了一分期待。沿途并不宽也不平的公路两旁，远处青翠欲滴的山是画，近处清澈透底的水是画，村落前婀娜多姿的凤尾竹是画，古木参天的红木棉是画，一派金黄的稻田是画，放牧田野的水牛是画，哪怕是水边在风中摇曳的一茎苇草一只蜻蜓，天空中飞舞的一朵流云一片雾霭，路旁张望着一双明澈眼睛的牧羊犬和抖动着漂亮翎毛的山鸡，也都是一幅幅画。真的是车在画中走，人在画中游。如果换成在高速公路上跑，路的两旁都修剪成了整齐划一的街树和花圃，该是多么单调。

如今古镇越来越被人们所重视，进而被开发成为旅游的景点。在江南，这样的古镇已经为人们耳熟能详，比如最有名的周庄、乌镇、同里或南浔。扬美，暂时还不能为外人特别是外地人所熟知，或者说起码不能够和上述的那些名声遐迩的古镇一样显赫。因此，来南宁的外地人，一般人更知道或者更愿意去北海、友谊关，再远一些的去桂林，而知道并愿意去扬美的，则很少。其实，扬美，比北海、桂林和友谊关等地方都近，更重要的是，扬美那独有的人文与自然风光，不假雕饰，不施粉墨，古朴而率真，可谓不著一字，尽得风流。

历史上古镇的形成，都首先和它的独特的地理位置有关。扬美也不例外，它镇守在左江、右江和邕江三江汇合口处，是进出南宁的西大门，成为交通要道。它三面环江，半岛的地形颇似一幅八卦图，也是风水先生极为得意之作，更是大自然鬼斧神工之作。据说扬美尚未建镇前，一片如雪的白花开满整个半岛，想来是更壮观的景色。

这座自宋朝时代就有的古镇，徐霞客曾经拜访过，并留下了这样的文字："自南宁来……过右江口，岸山始露石；至扬美，江石始露奇……余谓阳朔山峭濒江，无此岸之石；建溪水激多石，无此石之奇。"我想当年徐霞客一定是乘船而来的，如果我们和徐霞客一样乘船来扬美，那沿途风光肯定更是不同凡响。

只可惜如今在扬美已经找不到一点儿徐霞客留下的踪迹，只能够迎风怀想当年他初次探访这里的惊奇和当时的古风悠悠了。如今扬美留下的建筑大多是明清时的，而且以清代的居多。在扬美最有名的八大古街和八大古景（龙潭夕影、雷峰积翠、剑插清泉、亭对江流、江滩月夜、青坡怀古、阁望云霞、滩松相呼），依我看来，最值得一看的是古街和古码头。因为我们是从陆地来的，所以先看到的是古街而后看到古码头，如果是从水路而来，从码头上岸，左边一条金马街，右边一条临江街，高高的拱形的石门，青砖蓝瓦，旁边是古老的水闸，一节一节的石阶，错落有致地从江面一直铺到石门前，须仰望才能够见到左右石门顶端书写得那端庄有力的"金马街"和"临江街"各三个隶书大字，先给古镇提神提气。而坐落在两街石门之间那棵历史在百年之上的老榕树，饱经沧桑的历史的老人一般，成为古镇威风凛凛的神。如今满树挂满人们祈福的红布条，迎风飘飘，仿佛满树飞舞的红色精灵。当然，也可以说是古镇最好的迎客榕和活图腾。

在这里眺望江水，江水在这里打了一个很大的弯，急流一下子变成了缓和的滩涂，仿佛一个烈性的小伙子，到了这里立刻脱胎换骨变成了一个温柔的姑娘。阳光下，波光潋滟，正有准备参加龙舟比赛的船队在那里练习，齐心协力划落下的桨，给平静的江水留下一串柔情脉脉的音符。如果赶上五月端午，江面上龙舟争先恐后，岸上面的人群大呼小叫。据说龙舟比赛的获胜者，会得到一份独特的奖品——烧猪头，获奖者要抬着这个烧猪头沿街游行一周，和奥运会上得了金牌一样地风光无限，那会是扬美最惊心动魄的一景。

可以想象得出，日出日落时分，是这里最恬静的时候，一派远避万丈红尘喧嚣的田园风光。朝霞纷披之中，晚霞辉映之下，村民踩着露珠荷锄下田，到沐浴霞光渔舟唱晚，悠然自得，信马由缰，是最中国古典化的理想境界，在这时分让时光倒流。

还有比这里更安静更超尘拔俗的地方吗？江水静得没有一丝波纹，山峰静得没有一点风声，人们像走进了阆苑仙境。你可以看见幽静的江水中山和天空神话般瞬息万千的变化，你能够听到云的呼吸，山的细语，阳光的律动，大自然的天籁之音，交响在你的心头。如果是夜晚来，你可以触摸深邃的湖水在夜色中和山峰的悄悄对话，月朦胧，鸟朦胧，莲动下渔舟，多少回忆在梦中。如果是微风细雨中，山连着水，水连着天，雨丝飘洒，整个湖水都在雨丝的飘洒中摇曳，你会随它一起飘飘欲仙。如果你想垂钓，或是游泳，或是放牧，你可以彻底脱掉沉重的盔甲，和这里的山这里的湖融为一体，让心里扑满田园泥土的芬芳和来自江面上的不带一丝尘埃的清风。

在这里，我见到一位老农牵着一头水牛，正从江边走来，那水牛干净得仿佛水洗了一般，我从没有见过那样干净得没有一点杂毛没有一点泥水的水牛，浑身的毛在闪着光，清澈的眼睛里也闪着光，觉得只有在这里才能够见到这样的水牛，这是一头从江中走来或是从天边走来的神牛。而在码头前，我从一位老婆婆那里仅仅花了一元五角钱就买了她刚刚亲手缝好的一双小红鞋，她还特别用红线在鞋底上一左一右分别缝上了"扬美"和"古镇"的字样，红红的颜色，是那样的明艳。她将一份梦想一起也缝缀在上面,让游人们带她和她的家乡远走天涯四方。

所以,当我走到码头的时候,发现从水路来扬美,然后拾阶而上再逛古街,才是最好的选择,悠悠的江水是扬美最好的序曲,静静的码头拉开了扬美最美的第一幕。

这时候再到古街来,才能够体味到古街的风味。一街古旧甚至有些颓败的建筑,才和江水与码头相匹配。那一街青砖蓝瓦的房屋,是江水和码头生长出来的情感和生命,就像树开出的花朵一样。

金马街上,最有名的莫过于五叠堂和梁烈亚故居了。它们都是清朝的建筑,木窗、屋脊和屋顶都有花草虫兽、龙凤蝙蝠和人物传说的浮雕或图画,那色彩经历多年而仍然存在,实在是奇迹。

五叠堂是五进五出的大宅院落,宽阔的大门和轩豁的院子,可以想象得出当年的风光与气派。如今是扬美最大的一家餐馆了,坐在这里古旧的木桌木椅旁,品尝着这里的美味佳肴(据说这里有宋代的火锅和宋代的药膳鸡,非常有名),再烫一壶梅子老酒,一定能够回到遥远的宋代去了。其实,这里的小菜也非常好吃,特别是梅菜和酸菜,和别处的味道不一样。而且,这里生产豆豉,有甜咸两种,特别是用木瓜炒的豆豉,更是别处少有的。

梁烈亚故居现在只剩下一厅三房和一座带厨房的小院子

了,被他的一个远房的亲戚住着,在门口摆着一些香包做着小生意。梁烈亚是扬美古镇最赫赫有名的人物了,他和他的父亲梁植堂先生,都是辛亥革命的风云人物,都曾是孙中山的战友,梁烈亚还当过孙中山的秘书。他和他父亲在扬美的家曾经是孙中山领导的镇南关起义筹备会议的会址之一。只不过,那时,他们的家比现存的大多了,要占整个金马街的半条街。

临江街上的房子大多是清代的,被称为"清代一条街"。这种以砖瓦结构为主的房子,始建于道光年间,然后经年整修,大致成为如今新旧杂陈的模样。青墙蓝瓦上的藤蔓蕨草,肯定不是当年的了,但脚下的青石板铺成的老路,却还是当年的。屋前房后,栽满着锦葵、吊钟、木槿和喇叭花,使得这条老街显得年轻而生气勃勃。间或香蕉、木瓜、柚子像顽皮的孩子似的爬上房顶,或探出院子,更显得情趣盎然。

据说,扬美出过四位进士、八十多位秀才,大多是出自临江街。进士屋和举人屋,都是这里的一景。其中黄氏庄园是最值得一看的,它建于乾隆年间,占地九百余平方米,分三座坐南朝北的独立庭院,东西有厢房,后面有厨房,光门就有大门、二门、侧门之分,屋檐都有青松、木棉、兰花、牡丹的装饰图案。其气派和阔大,大概只有梁烈亚的旧宅可以和它相比。如今,它已经历经黄家十代,一位后人在城里退休回来看管。偌大的一座庄园,只住着他一个人,便越发显得空旷。门口摆着一个箱子,上写"入门参观,每人五角",你不交钱,他也不管，自己躺在侧门的廊檐的竹躺椅上睡大觉，一副归隐田园、与世无争的样子，睡梦中早已经回到前尘别世，草色人心相与闲，是非名利有无间。

你可能见过国内国外的许多大小名胜古迹，即使到广西，你也早见过桂林、北海风光，如果你没有到过扬美，你应该到这里来看看，你会涌出与在别处不一样的感觉，虽然这里显得破旧一些，到这里来的路显得难走一些，但真正值得一看的风光，正是不在于景物的簇新，不在于路途的笔直。到扬美来，你的心都会滤就得水晶一般澄净透明，不染一丝芥蒂，心随山静，意与水洁，这里淳朴的田园风光能够帮助你完成一个脱胎换骨的愿望。

2004年国庆节写于北京

杜鹃，杜鹃

现在是看杜鹃花的时节。我国杜鹃花的品种极多，但有两处的杜鹃，最让人难忘，非常值得一看。

一处是湖南九嶷山的杜鹃花，九嶷山的杜鹃在四月开花。《史记》中记载："舜南巡狩，崩于苍梧之野，葬于江南九嶷。"人们都知道九嶷山的湘妃竹，因舜帝葬于此而闻名，不大知道九嶷山的杜鹃，是因为传说中的娥皇和女英两位妃子千里迢迢逆潇水而上到九嶷，一路哭来，泪水滴落在竹上，紫痕斑斑，千年不落，才有了"斑竹一枝千滴泪，红霞万朵百重衣"的诗句。其实，娥皇和女英的泪水不仅滴在湘妃竹上，也滴落在杜鹃花上面。九嶷山的杜鹃一样有名，而且应该说比湘妃竹更动人。动人的是传说舜帝未死之前，九嶷山漫山遍野开的都是红杜鹃，在舜帝倒地那一瞬间，满山的红杜鹃，都齐刷刷地变成了白杜鹃,摇曳着齐为舜帝致哀。

连杜鹃花都知道舜帝教当地人制茶、办学堂,最后为百姓伏蟒受毒致死,而深得百姓的爱戴和怀念,才有了这样神话般的感应。想想一山的杜鹃在顷刻之间有了灵性,变了颜色,花随风摇,带动着巍巍高山也颜色陡变而随之摇曳,杜鹃摇曳着祭祀的白绸,山谷响彻悲恸的风声,该是多么壮丽的场面。从此,九嶷山每年四月,都是既开红杜鹃,也开白杜鹃。如今这时候到九嶷山,满山的红白杜鹃,扑扇着红白一对翅膀,把整个九嶷山带动得都飞起来似的,会让人迎风遥想,染上历史回味和岁月沧桑的杜鹃,不是一朵,也不是一丛、一片,而是漫山遍野怒放的红杜鹃、白杜鹃,真的是杜鹃之交响。

另一处是云南香格里拉碧塔海的杜鹃花,它们比九嶷山的杜鹃开得晚些,要在五月开花。碧塔海藏在香格里拉深处,一围群山,四处草甸,漫天清澈得像母亲怀抱那高原特有的天光云色,将碧塔海衬托得分外幽静而神秘。碧塔海周围遍布杜鹃花林,高原的红杜鹃,开得烂漫如火,似乎因为离着太阳近,把灿烂的阳光都吸收进花蕊里面,每一朵都红得像是要破裂得流淌下红色的汁液来,更是特别粗犷妖冶,肆无忌惮。

山野的风吹来,成片的杜鹃花约好了似的,飞流直下三千尺的瀑布一样飘落进碧塔海中,红艳艳一片,一天霞光云锦般地漂浮在水面上,燃烧的血一样荡漾。这时,会有成群的鱼闻香扑面游来,像是奔赴一年一次的情人约会而浩浩荡荡,争先恐后，那一份浪漫的豪情，如同高原上掠过的长风，一泻千里，无遮无拦。高原的鱼和花真是一样的秉性，也是豪放得很，唱唱着小嘴，贪婪地吞吃杜鹃花瓣，如同高原贪杯的汉子一样，不喝得一醉方休不会放下酒杯，吞吃杜鹃花瓣的鱼，便成群成片地醉倒，漂浮在碧塔海之上，成为高原最美丽的一景，当地人称之为"杜鹃醉鱼"。那种粗犷之中蕴含的平原湖泊中难得的浪漫（我们见惯的鱼大多被高科技的鱼食养得过于肥硕盛放于精致的鱼盘中，或养成华丽的观赏类金鱼置放于恒温的玻璃鱼缸里），首先得益于红杜鹃托风传媒，慷慨地举身赴清池的浪漫，方才与鱼相得益彰，如此风情万种，将碧塔海变成红塔海，让人叹为观止。

如果九嶷山的杜鹃是壮丽的杜鹃，碧塔海的杜鹃则是浪漫的杜鹃。

如果九嶷山的杜鹃属于神话，碧塔海的杜鹃则属于童话。

2005年春于北京

陆

人生除以七

年轻时就应该去远方漂泊。
漂泊,会让他见识到他没有见到过的东西,
让他的人生半径像水一样漫延得更宽更远。

人生除以七

看罢英国导演迈克尔·艾普特的电视纪录片《56UP》之后，心里不大平静。这部纪录片，拍摄了伦敦来自精英、中产和底层不同阶层的十四个人，自七岁开始，一直到五十六岁的生活之路。导演每隔七年拍摄一次，看他们的变化。七个七年之后，这些人五十六岁了，这么快就从童年进入了老年。一百五十分钟的电视片，演绎了人生大半，逝者如斯，让人感喟。

我不想谈论这部纪录片所要表达的主旨。让我感兴趣的是，它选择了将人生除以七的方式，来演绎并解读人生。为什么不是别的数字，比如五或六，而偏偏是七？不管有什么样对数字特别膜拜的深意或禅意，乃至宗教的意义，七，可以是一个很好的选择，让我也来一回这样的选择，将自己人生已经走过的岁月除以七，看看有什么样的变化。

不从七岁而从五岁开始吧。因为，那一年，我的母亲去世，我人生的记忆也就是从那时开始。记忆中那一年，夏天，院子里的老槐树落满一地槐花如雪，我穿着一双新买的白力士鞋，算是为母亲穿孝。母亲长什么样子，一点印象也没有了，只记得姐姐带着我和两岁的弟弟一起到联友照相馆照了一张全身合影，特意照上了白力士鞋，便独自一人到了内蒙古修铁路去。那一年，姐姐十七岁。

七年之后，我十二岁，读小学五年级。第一次用节省下来的早点钱，买了我人生的第一本书，是本杂志《少年文艺》，一角七分钱。读到我人生的第一篇小说，是美国作家马尔兹写的《马戏团来到了镇上》。马戏团第一次来到那个偏僻的小镇。两个来自贫穷农村的小兄弟，没有钱买入场券，帮助马戏团把道具座椅搬进场地，换来了两张入场券。坐在场地里，好不容易等到第一个节目小丑刚出场，小哥俩累得睡着了。这个故事给我的印象那样深刻，小说里的小哥俩，让我想起了我和我的弟弟，也让我迷上了文学。我开始偷偷写我们小哥俩的故事。

十九岁那一年的春天，我高中毕业，报考中央戏剧学院，初复试都通过，录取通知书也提前到达了。"文化大革命"爆发了。大学之门被命运之手关闭。两年后，我去了北大荒，把那张夹在印有中央戏剧学院红色毛体大字信封里的录取通知书撕掉了。

二十六岁，我在北京郊区当上一名中学老师。那时我已经回到北京一年。是因为父亲突然脑溢血去世，家中只剩下继母一人，才被困退回京的。熬过近一年待业的时间，得到教师这个职位。和父亲一样，我也得了血压高，医生开了半天工作的假条。每天下午，我骑着自行车回家，写我的第一部长篇小说，取名叫《希望》。在那没有希望的年头，小说的名字恶作剧一样，有一丝隐喻的色彩。

三十三岁，我"二进宫"进中央戏剧学院读二年级。那一年，我有了孩子，一岁。孩子出生的那一年，在南京为《雨花》杂志修改我的一篇报告文学，那将是我发表的第一篇报告文学。从南京回到家的第二天，孩子呱呱坠地。

四十岁，不惑之年。有意思的是，那一年，上海《文汇月刊》杂志封面要刊登我的照片，来电报要立刻找人拍照寄去。我下楼找同事借来一台专业照相机，带着儿子来到地坛公园，让儿子帮我照了照片，勉强寄去用了。那时，儿子八岁，小手还拿不稳相机。照片晃晃悠悠的。

四十七岁，我调到了《小说选刊》，参与该刊的复刊工作。从大学毕业之后，我从大学老师到《新体育》杂志当记者，几经颠簸，终于来到中国作协这个向往已久的地方。自以为这里是文学的殿堂，前辈作家叶圣陶和艾芜的孩子，却都劝我三思而行，说那里是名利场，是是非之地。

五十四岁，新世纪到来。我自己乏善可陈。两年之后，儿子去美国读书，先在威斯康星大学读硕士，后到芝加哥大学读博士，都有全额奖学金，是他的骄傲，也是我的虚荣。

六十一岁，大年初二，突然的车祸，摔断脊椎，我躺在天坛医院整整半年。家人朋友和同事都说是大难不死，必有后福。我相信他们说的，我相信命运。福祸相依，我想起在叶圣陶先生家中，曾经看过的先生隶书写的那副对联：得失塞翁马，襟怀孺子牛。

六十八岁，正好是今年。此刻，我正在美国印第安纳大学旁边儿子的房子里小住，两个孙子先后出世，一个两岁半，一个就要五岁，生命的轮回，让我想起儿子的小时候，却怎么也想不起自己的小时候是不是也是这样子。

人生除以七，竟然这么快，就将人生一本大书翻了过去。《56UP》中有一个叫贾姬的女人说："尽管自己是一本不怎么好看的书，但是已经打开了，就得读下去，读着读着，也就读下去了。"人生除以七，在生命的切割中，让人容易看到人生的速度，体味到时间的重量。流水带走光阴的故事，改变了一个人。漫漫人生路，能够有意识地除以七，听听自己，也听听光阴的脚步；看看自己，也看看历史的轨迹，是件有意思的事情。

2014年7月23日于布鲁明顿雨中

鲜花开在粪土之上

那天半夜,孩子在星光剧场听歌的现场给我打来电话,告诉我他回家要晚些,正在听苏阳唱歌,非常地棒。

那是我第一次听到苏阳的名字。是什么样的力量,吸引孩子大半夜的不回家?

孩子一再向我推荐苏阳。毕竟年龄大了,对于新一代的摇滚歌手,本来就陌生,这个苏阳就越发地陌生。

暑假过后,孩子回美国读书去了,发来电子邮件,还在锲而不舍地向我力荐苏阳,并将载有苏阳的歌的网站网址写上,让我链接可以直接听听。

我听了两首,果然不错。民谣的风格,典型宁夏花儿小调,浅吟低唱中,融入了摇滚的色彩,便像在一杯清凉的井水中又加上了棱角分明的冰块,越发地透心凉的感觉,清冽,而爽朗，犹如西北辽阔田野上空那一直能够连接着地平线的莽莽长天。

我们有多么美妙的民间小调呀，可是，我们现在已经不怎么能够听得见了。我想起惯常见到的电视上、晚会上的那些歌曲，也想起刚刚结束的央视青年歌手大赛上的那些所谓民族唱法的歌曲，已经几乎找不到它们的影子了。我们似乎羞于见到它们，起码是淡忘了它们，我们想起它们，更多的时候是愿意将它们当成点缀，把它们打扮一新，描眉画鬓一番，方才可以出门示人。我们有些嫌它们简单，嫌它们粗俗，嫌它们难登大雅之堂。化了妆的民谣小调，其实是伪民歌，只是貌似光鲜的衣裳架子，没有生命的喘息，没有弹性的皮肤，没有了汗味鼻息和心跳，可以让我们亲近地想去触摸，甚至拥抱。

苏阳的民谣，也已经不是原来土生土长的民谣，它也经过了改造，也给它们洗了洗脸，填充进一些新的材料，不再只是老牛老破车在泥土地上一个劲儿地尬悠。但是，苏阳没有伤了它们的筋骨，他握住了它们的命根子，张扬着勃勃的活力，而没有把它们阉割成不伦不类的变性人，徒剩下一脸浓重的油彩。

听《贤良》中的那鼓声，听《劳动和爱情》中那板胡，虽然只是点缀，真的听得让人心动，有种想哭的感觉。是的，这是只有西北才有的音乐元素，苍凉，粗放，随意，漫不经心，赤裸着脊梁，晒黑了脸庞，云一样四处流浪，风一样无遮无拦，草一样无拘无束，紫外线一样，刺青一般暗暗地刺进你的肤色之中。

我只听了这两首歌，就一下子喜欢上了。曲风是相近的，歌词却不大一样，虽然都直接借鉴了民间说唱的样式，却一为暗讽，比兴和比喻一锅烩；一为直白，调侃的意思，洒脱的自娱自乐。

《劳动和爱情》，歌名宏大，故意敞开了衣襟的样子，露出的并不是那么肌肉饱满的块儿，而是瘦筋筋排骨一样的肋巴条。这是首唱农民工的歌："太阳出来呀照街上呀，街上呀走着一个吊儿郎，卷起着铺盖我盖起这楼呀，楼高呀十层我住在地上。东到平罗呀麦子香呦，西到银川呀花儿漂亮，人说那蜜蜂啊最勤劳呀，哎！我比那蜜蜂呀还要更繁忙呀……"特别是那句"卷起着铺盖我盖起这楼呀，楼高呀十层我住在地上"听得让我感动，虽然只是楼和人浅显的对比，无奈的辛酸，残酷的现实，唱得那样地朴素而真切，起码是晚会歌曲中没有听到过的，是那些唱烂了的城里人的酸文假醋一般的恋曲中没有的。

《贤良》，歌词作得更好，唱的是三娘教子一类事，却将传统的唱法反串成现实的寓言，将如今道德和价值观念的失衡与坍塌，勾勒得活灵活现。贤良，显然是指民间的那种传统美德，这里用的是反讽的意思，在不露声色中弹讥现实。

歌里唱的姨娘教女："一学那贤良的王二姐呀，二学那开磨坊的李三娘。王二姐月光下站街旁呀，李三娘开的是个红磨坊，两块布子做的是花衣裳呦。"很显然，这个三娘教子，再不是当年的三娘断机织布，教子学业成才成人，而是让孩子去站街叫卖皮肉生涯。

歌里唱的姨爹教子："张二哥的本事嘛真正的强呀，满院子的牵牛花嘛上了二房，满院子的牵牛一软掉在地上。李大爷的学习嘛真正的强呀，上了一个大学嘛上中专，中专里面学的是蹦擦擦！"很显然，歌中触及的是包二奶，以及知识贬值享乐主义至上等社会现象。

每段后面都有一段副歌，唱的是"你是世上的奇女（男）子呀，我就是那地上的拉拉缨呦。我要给你那新鲜的花儿，你让我闻到了刺骨的香味儿。"当然，如此刺鼻刺骨，我们和他们的理解是不一样的，我们以为的"堕落"，而他们的父母却被表面的荣光所蒙蔽，误认为是好，是一种"贤良"，才去这样教育自己的子女。如此，"贤良"的歌名，便又多了一层能指，包含了另一层辛酸。

这样的音乐，需要良知，这良知来自生活底层，其实，并不需要如何高深的望闻问切，或貌似惊人的警句，或熨烫整齐的韵律，只要鼻子没有伤风，运用应该用的嗅觉，就足够了。只是在我们现在的歌坛中，鼻子变成了大象的长鼻，可以舒展自如地追名逐利，邀宠取媚，却已经失去了原本灵敏一些的嗅觉了。

在北京，苏阳为我们演唱遥远西北的歌，他的歌没有油头粉面，没有花里胡哨，没有故作高深，就像他唱的花儿一样，就像西北的土地一样，质朴却真实、真诚。在他的另外我没听过的一首歌里，有这样的几句歌的词："我要带你去我的家乡，那儿有很多人呀活着和你一样，那儿的鲜花呀开在粪土之上……像草一样，像草一样。"

我非常喜欢这句歌词，谈到民歌，就像"鲜花开在粪土之上"一样，民间或来自底层的民歌，似乎有一种更粗野、更直露的美学，或民间逻辑，而这正是矫情乔装之后的民歌所没有的，或者说是文化精英再怎样模仿也学不到的。没有在屎一样的环境中磨砺过的人，是不会真的知道粪土里面也能长出花来的。现在我们所谓的民歌里更多的是一种城市精英假想出的事不关己式的民间。

从另一个角度来观照，民间性的利用问题，尤其是在现在这个全球化的时代里，本土性或民间性，已经越来越多地被发掘为可利用的全球流通资本，最明显的例子是唱改装后西藏式的民歌（作曲家何训田专门为她而写）的朱哲琴，她的唱盘在国外卖得很好。在一种面向全球而把民间或地方性审美化、神秘化的运作之外，能看到民间将本源力量的重新自我利用，并把民间性（苏阳的歌表现为西北调子和传统意象）重新真的和民间现实连在一起，就像作家希望用方言写作一样，一直是真正的民间文艺工作者的一个梦想吧。在无孔不入的全球资本对弱势文化的掠夺开发背景下，这种源自民间的尝试不仅是值得尊重的，而且将会是意义深远的。

在苏阳的家乡，苏阳一直有一个梦想，他说：我一直想在西门桥头为那里的农民工唱歌。他说：那样的音乐很纯粹，没有社会角度的批判，没有音乐门类、知名度、舞台灯光的暗示……

这样的歌手，让我心怀敬意。我猜想，站在银川的西门桥头，他一定会唱《贤良》，唱《劳动和爱情》。

在北京，有许多歌手歌星和歌唱家，没听说哪一个也如苏阳一样说过，想在西直门东直门哪座桥头为那里的农民工唱歌。那里附近一定有许多建筑工地上或其他场合中的农民工的。

我们的歌手的梦想一直都集中在央视的演播大厅，最好是在春节的晚会上。于是，我们的歌像软壳蛋一样，或者精致点儿，像蛋壳上雕刻画一样了，已经孵不出新的生命来了。民谣的萎缩，乃至假民歌的流行，就已经见怪不怪了。

六百个春天

春天又要到了。这将是天坛度过的第六百个春天。对比古老的天坛,我们每一个人,都是渺小的,都会生出"寄蜉蝣于天地,渺沧海之一粟"的感慨。

对于我,从小就进出天坛,那样熟悉,那样亲切,视其为自家的后院,脚印曾经如蒲公英飞散在这里的角角落落。却是去年立秋那一天之后,才忽然觉得天坛是那样的陌生,那样的深邃,那样值得去探究;才真正注意到来这里的芸芸众生是那样的丰富,那样的多彩,那样的有意思,那样的和我息息相关。他们,包括我自己在内,和古老的天坛互文互质,彼此交织而成六百年后的一阕新乐章。

我常想,天坛,从一座皇家的祭坛,到大众的公园,经历过这六百年沧海桑田的变化之后,对于我们,它如今到底变成了一个什么呢?

游人的胜地?

百姓的乐园?

北京人独有的客厅?

北京人最近便的后花园?

思古的一方舞台?怀旧的一本大书?忧愁的化解地?郁闷的解毒剂?秘密的存放地?欢乐的释放地?相约的幽会地?锻炼的运动场?歌舞的排练场?散步的林荫道?读书的阅览室?

我竟然想不出一个最为合适的比喻,概括不出天坛对于我们今天独特的价值与意义。这里既有磅礴的皇家气,也有平民的烟火气;既有历史的叹息,也有今天的感喟;既有古老的松柏,也有年轻的花草;既有岁月蜿蜒隐秘的幽径,也有今日新修的开阔的甬道;既有天阔之新日,也有夜阑之旧梦;既有坛上穹顶之天问,也有地上人间之世味……是啊,天坛,囊括万千,岂能是一个比喻的修辞所能概括?

很难想象,北京少了一座天坛,会是一种什么样子。在帝都中轴线之南端,将会如天缺一角般,让皇宫都失去了呼应,让人失去了与天对话对视的一种可能性。

春天又要到了。我想再到天坛转一圈。

再一次从正门祈谷门走进天坛,沿甬道往南,到斋宫,到神乐署;往北,到双环亭,到百花亭,穿过内垣前的柏树林,先到宰牲亭,再走进长廊,过北神厨,一直走到祈年殿,过丹陛桥，过成贞门，过回音壁，过圜丘。站在圜丘的天心石上，万千景物一览眼前，一切是那么的熟悉，那么的亲切，那么的动人哀怜。人流如鲫，来往川流不息，喧嚣不止。眼前的祈年殿默默不语，矗立在蓝天之下，天蓝色的琉璃瓦顶，不动声色，却不住晃我的眼睛。

走下圜丘，心里默默数着三层一共二十七级台阶。走出圜丘，走到东天门前的柏树林里的时候，一下子，空无一人，喧嚣远去，寂然无声，和圜丘上判若两界。我忽然想起写过《瓦尔登湖》的梭罗，想起如今在瓦尔登湖畔，梭罗故居前竖立的一块木牌上，写着梭罗生前说过的一段话：

> 我步入丛林，因为我希望生活得有意义，我希望活得深刻，并汲取生活中所有的精华，然后从中学习，以免让我在生命终结时，才发现自己从来没有活过。

我蓦然觉得，梭罗的这段话，用于我与天坛之间的交集，很有些贴切。这半年以来，我花了很多时间到天坛来画画，我步入天坛，并没有奢求梭罗所说的，希望生活得多么有意义，活得多么深刻，或者再多说一句，希望自己画得有多么好。但是，我确实从中学习并汲取一些精华，萍水相逢那么多人，呼吸到在坛垣外面少有的新鲜空气，那是环绕天坛几百年树龄的老柏树林散发出来的气息，相信远超过瓦尔登湖的。在秋深春远的晚年,天坛给予我新的碰撞,新的感悟,新的画作,新的文字,"以免让我在生命终结时,才发现自己从来没有活过"。

是的,我们每一个人都可以改写梭罗的这段话:

> 我步入天坛,因为我希望生活得有意义,我希望活得深刻,并汲取生活中所有的精华,然后从中学习,以免让我在生命终结时,才发现自己从来没有活过。

我说的是天坛。你可以说任何一个属于你自己的地方。

2019年8月8日立秋
2020年1月6日小寒写毕于北京

地平线,遥远的地平线

在城市,已经看不到地平线。被高楼大厦遮挡,地平线在遥远的天边。地平线,对于人们似乎可有可无,没有什么价值和意义,看到看不到,不当吃不当穿的,又有什么关系呢?

有时候,我会想,地平线,真的对于我们没有什么价值和意义吗?如果说有,它的价值和意义,在哪里呢?我说不清。我们现在所说的价值和意义,都是有非常明确指向的,大到历史与文化,小到每平方米建筑面积,以至更小到柴米油盐。地平线,看到看不到,不当吃不当穿的,又有什么关系呢?

是,关系不大。但不能说一点关系都没有。

对于我,看到地平线最多的时候,是在北大荒。几乎每天都可以看到。无论出工到田野,或者垦荒到荒原,或者收秋在场院,都可以看到遥远的地平线,连接着田野荒原的尽头,和天边紧紧地镶嵌在一起。天气好的时候，地和天相连的那一线，是笔直的，是阔大的，像天和地在亲密地接吻。天气不好的时候，那一线的衔接是灰色的，是暗淡的，即使雷雨天，地平线有惊鸿一瞥的闪电，却也是平静的，安稳地等着电闪雷鸣消失，看不出它一点的情绪波动。这便是大自然，真正的宠辱不惊，不会像我们人一样，踩着尾巴头就会跟着摇晃，大惊小怪，或失魂落魄。

早晨或黄昏时候的地平线最为漂亮，有晨曦和晚霞，有朝阳和落日，地平线的色彩格外灿烂。而且，天空中呈现出的所有的灿烂，都是从那里升起、在那里落幕的。有一年的麦收，我们打夜班，连夜把地里的麦子抢收，拉回到场院里来。坐在垛满高高的金色麦秸的马车上，迎着东方走，看见了地平线是怎样一点点地由暗变青、怎样由鱼肚白变成了玫瑰红的晨曦，那一刻的地平线，真的是诗情浓郁，像是变化万千的舞台，上演着魔术般的童话。

1974年的初春，我离开北大荒，队上派了辆牛车送我到农场的场部，赶车的是我的中学同学。黄昏时分，春雪还未化尽，牛车嘎嘎悠悠地走得很慢，似乎依依不舍。我不住地回头看着生活了整整六年的二队，忽然看见一轮橙红色的灯笼一样巨大的落日，在以很快的速度下沉，一直沉落在地平线之外，光芒还弥散在四围。我生活了六年的二队，就在这一片金黄色和橙红色的光晕包围之中。第一次感到，地平线离我竟是那样的近，近得是那样亲近。

第二天早晨，天气忽然变了，细碎的雪花飘飘洒洒。那一天，我的女朋友送我上了一辆敞篷的解放牌大卡车的后车斗里。分手在即，不知未来，来不及缠绵悱恻，甚至连挥一下手都没有来得及，车子已经驶动，而且，吃凉不管酸地越开越快。很快，她的身影变小，和地平线融合在一起。春雪似乎是排着整齐的队伍，从地平线一点点地飘曳过来的。我看见，她顶着雪花在跑，一点一点地，变成了一片小雪花，淹没在茫茫的雪原之中。地平线，似乎在我的周围，像一个圆圈，像如来佛的一只巨手，紧紧地围裹着我，寒冷而凄切，不动声色，又幽深莫测。

离开北大荒，回到了北京，我再也没有看见过这样开阔这样让我感慨又难忘的地平线。

再一次和地平线邂逅，是几十年之后，在遥远的戈壁滩。那一年的夏天，我去青海柴达木盆地的西部，寻访阿吉老人之墓。老人是乌孜别克族，是第一位带领勘探队到青海寻找石油的向导。墓地在尕斯库勒湖畔，湖水全部来自昆仑山和阿尔金山融化的雪水，真的清澈如泪。湖水的尽头，便是地平线。站在湖边，遥望地平线，如同看大海和天相连，水天荡漾，天如水，水如天，是与别处不一样的感觉。

几十年前，一群和我年龄差不多的北京学生，也来到这里。那时候，讲究上山下乡，他们支援三线建设，来到这里当石油工人。他们和我一样，也是到这里来寻访阿吉老人。他们和我一样，也是站在尕斯库勒湖边，被那水天相连的地平线所吸引。和我不一样的是，他们竟然脱下鞋，挽起裤腿，走进湖水之中，向着那遥远的地平线走去。那个时代，对于我们这一代年轻人，拥有很多诱惑，膨胀着很多激情，便毫不犹豫地泼洒出很多最可贵的青春。这一群年轻人被地平线所诱惑，他们无一幸免地被地平线所吞没，全部沉没于尕斯库勒湖中。

想起这一切，地平线，给予我的感觉，竟是那样的复杂，一言难尽。

前些天，看到一篇文章，介绍画家何多苓的近况。何多苓的年龄，和我们这一代人差不多，经历过同样的岁月颠簸。谈到最近的画作时候，他说，以前风景画中要有地平线，必须要用地平线体现一种诗意。他说，现在，不会了，不必怀念年轻的自己，现在，他会更自由地画。

他的这番说辞，肯定有他的况味沧桑之后的感悟。我想起他的那幅有名的《春风已经苏醒》。记得刚粉碎"四人帮"不久，在美术馆看到这幅油画的时候，很感动。那种忧郁的调子，那种迷茫又充满渴望的情感，那种时代交替之际的隐喻，觉得和同样出自四川罗中立的那幅名画《父亲》，决然不同。画中那个坐在草地上、咬着手指的小姑娘，望着画面之外的什么地方。什么地方呢？是遥远的地平线。

无论如何，我们经历了多少苦难、迷茫、失落，乃至付出整个青春与生命的代价,还是要相信,地平线是存在的,哪怕它在画面之外。

2019年元旦试笔于北京

小市莺花时痛饮

晚年放翁的日子，过得并不那么舒心，北望中原，王师之梦未竟，又多病在身，甚至缺吃少穿。但是，放翁却过得比一般人都要潇洒、优雅。这和他面对人生和生活的态度相关。放翁晚年诗作，就是这样人生与生活真切的写照。读放翁晚年诗，非常有意思，即使已经过去了八百多年，依然可以镜鉴，让人思味。

对于年轻时曾经"三万里河东入海，五千仞岳上摩天"之类的功名追逐，这时候，他说"薄技雕虫尔，虚名画饼如"，这是他的清醒；他说"试看大醉称贤相，始信常醒是鄙夫"，这是他的自嘲。以往再如何风光，到了晚年，洗尽铅华，都是平常人一个。心态的平衡，将曾经有过再辉煌的自己，归于鄙夫而非贤相或名士，是平易却优雅姿态和思想的支持。

对于人老之后身体渐多的疾病，放翁有一首《示村医》："玉函肘后了无功，每寓奇方啸傲中。衫袖觅橙清鼻观，枕囊贮菊愈头风。"前一联说的是他不信那些奇方妙方，后一联说他相信橙子药菊之类的民间素朴的偏方，对于头痛鼻塞这样的小病持一种轻松和放松的态度。

他还有一句"屏除金鼎药，糠秕玉函方"，更显示他对于名贵药方的一贯态度。他还说"养生妙理本平平，未可常谈笑老生"。他不像我们如今将养生学置于老年生活中那么显著的位置而须臾不肯离开。将生老病死看淡看轻看透，是平易而优雅生活的心理依托。

对于饮食起居，他的态度更是一种放松，这种放松，是先将欲望稀释清淡，再加随遇而安。对于住房，他没有今天人们对越来越大的居住面积的需求与占有的渴望，他只求茅屋可住，说是"茅屋三间已太宽""故应高卧有余欢"。

对于穿戴，他喜欢粗布，说是"溪柴胜炽炭，黎布敌纯棉"。即便布衣单薄，他说是"漫道布衾如铁冷，未妨鼻息自雷鸣"。

对于饮食，他崇尚菜羹，说是"熊蹯驼峰美不如"。他写过一首名为《菜羹》的小诗："地炉篝火煮菜香，舌端未享鼻先尝"，一副自足自乐老头儿乐的样子。

当然，他不是什么时候都只是以菜羹为标榜，遇到美食美味，他也兴奋异常："蟹束寒蒲大盈尺，鲈穿细柳重兼斤。"

遇到肥鱼和大闸蟹，他一样不客气。而且，他还喜欢喝酒，他写有一首诗："社日淋漓酒满衣，黄鸡正嫩白鹅肥。弟兄相顾无涯喜，扶得吾翁烂醉归。"这便是一种放松的态度，不是我们现在常见的老年人过于讲究的养生。重要的是，对于日常起居日子期望值降低，其实就是对生活欲望的降低。欲望，可以助人生奋争进取，也可以让人生渐失真正的乐趣与真谛，而陷入欲望编织的各种华丽的罗网。欲望的消解，是平易而优雅生活的价值标准的重新调适，是喜欢素朴的棉衣布履而不再崇尚华美的绫罗绸缎价值观的校正。

作为普通人，饮食男女，我们谁都要面对这样日复一日庸常的生活。而且，随着儿女长大成人，远离了我们，我们面对的不仅是日子的庸常，还有日子的寂寞孤独和老来多病之身。如何让这样庸常琐碎寂寞孤独和多病的日子，过得不仅平易，而且能有点儿意思，进而稍稍优雅一点儿，而不至于老态龙钟得那么不堪，放翁的做法值得借鉴。

"团团箬笠偏宜雨，策策芒鞋不怕泥"，不怕的不仅是风雨泥水，更是不怕箬笠芒鞋布衣的被人乃至被自己也瞧不起的普通庸常，这是对于生活一种达观的态度。

"敲门赊酒常酣醉，举网无鱼亦浩歌"，如此潇洒，也许我们一般人很难做到，或者觉得没有捕到鱼还傻呵呵在那儿浩歌，有点阿Q。不过，这也是放翁对于不如意生活一种旷达的表示。我们谁都曾经有过这样那样的不如意，学一点儿放翁这样的旷达，也许能够在不如意面前尽可能不失态，尽可能多少保持一点儿优雅。

放翁晚年，常有他逛附近小市或适逢小担过门而即兴写下的诗句，写得那么平常，那么随意，那么像如今我们的生活日常图景。我非常喜欢放翁这样接地气的诗句。"邻家人喜添新犊，小市奴归得早蔬""小担过门尝冷粉，微风解箨看新篁"写得真的是好，这里的奴，可不是奴隶，是仆人之谓，就是如今的保姆。小市带露的早蔬，小担送上门的凉粉，配以邻居新添的小牛犊，随微风冒出的新竹做背景，是一幅多么清新而富有生气的画面，市井、家常、烟火气，又富有诗意。难怪放翁要说"小市莺花时痛饮，故宫禾黍亦闲愁"。这便不仅是放翁的平易，更是放翁的优雅了，即便是庸常琐碎的日子，也可以过出属于自己的优雅来。

正因为在庸常或艰辛的日子里有这样平易而优雅的心态和姿态，放翁才能做到"家事贫尤简，诗情老未阑"，才会从心底涌出这样的诗句："身处江湖如富贵，心亲鱼鸟等朋俦。"即便家中贫寒，即便门前冷落，他是这样认知富贵和朋友的，心情就大不一样，他才能够超越庸常与寂寞，过得如此自得："不饥不寒万事足，有山有水一生闲。"我们可以说他有点儿阿Q，却不能说他是故作潇洒而自欺欺人。

当然，作为读书人，读书，更显示放翁的日常生活中平易的状态和心情的优雅。晚年的放翁，写读书的诗句颇多，"插架图书娱晚暮，满滩鸥鹭伴清闲""架上有书吾已矣，甑中无饭亦陶然""暮年于书更多味""醉里心宽梦里闲""梦好定知行路健，书来深慰倚门情"……这是他暮年真实的生活场景和内心的写照。读这样的诗句时，我常想如果那时候也有了无所不能的手机，放翁还能有这样的心思读那些插架以慰心情的图书吗？会不会和我们一样，也用拇指阅读代替纸质的阅读呢？会不会和我们一样，"两耳不闻窗外事，一心只读朋友圈"，来代替书中的"多味"和"深慰"之情呢？

或许不会，看放翁那么老的年纪，即使身体颓萎、老眼昏花再如何，他说"岂知鹤发残年叟，犹读蝇头细字书""读书有味聊忘老，赋禄无多亦代耕"。他强调、讲究以及自得和坚持的，依然是读书。晚年的放翁，放弃了功名的追求，满足于薄禄的无多，更多谈到的是读书之味和心境之闲，这是有意淡漠与隔离以往他所熟悉的热闹排场的官场与文坛的一种达观放松的心态。这里说的闲与味，是只有晚年的放翁才体会到的，是心与书的主客观相辅相成相互交融达到的读书境界。只有闲，才能读书读出味道；读出了味道，才能让自己的心境滤就得清净而舒展放松。这里的闲，不是有钱之后故作风雅的闲适，就是静与净，面对物欲翻腾、市声喧嚣、名利官位而能独守的一份心静气定魂清神闲。这是书独能给予他的。所谓闲或静或净，是放翁在多病多灾的艰辛生活中，炼就的平易而优雅的一种生命的表现形式和气韵。

关于读书，放翁还有这样一句诗，特别有意思："独居漫受书狐媚。"孤独一人，书对于他有一种狐媚之感，实在是放翁那个时代少有的比喻，是日后清时《聊斋》里读书人才有的感觉。这种狐媚，对于如今的年轻人可以理解，对于那时已经年过八十的放翁，真的很奇特，让我想起美国作家乔·昆南在《大书特书》中说"书是我的情人"的比喻。

"独居漫受书狐媚"，不仅是一个好的比喻，更是一种好的生活状态和心态。如果说"小市莺花时痛饮"是放翁市井生活素朴随意的一幅自画像；"独居漫受书狐媚"则是放翁作为诗人优雅别致的自画像。前者写景，后者写情；前者写实，后者写意。两幅自画像，成为放翁立体的两个侧面。不知我们能有其中哪一面？

2021年11月1日写毕于北京

黄昏时分

旧时京城，黄昏时分，即使普通平民院落，屋顶上的鱼鳞瓦铺铺展展连成一片，如同海浪翻涌，平铺天边，是只有北京见得到的风景。各家开始做晚饭了，即便都是简陋的煤球或蜂窝煤炉子，炊烟袅袅中，有千篇一律的葱花炝锅的香味缭绕，也是分外让人怀想的。

那个时候，我和我的一位女同学，从我家小屋出来，便是在这样的炊烟袅袅和炝锅的葱花香味中，以及街坊们好奇的眼光中，穿过深深的大院，走到老街深巷里，一直往西走，走到前门大街，过御河桥，往东一拐，来到22路公交车总站的站台前。它的一边是北京老火车站，一边是前门的箭楼。黄昏时分夕阳的光芒，正从西边的天空中泼洒过来，洒在前门的箭楼上，金光流泻。雨燕归巢，一群群墨点一样在金光中飞舞，点染成一幅点彩画面。

我们是同住在一条老街上的发小儿,读高中,为了能够住校,她考上了北航附中。几乎每个星期天的下午,她都来我家找我复习功课和聊天,黄昏时分,我送她到前门,乘坐22路公交车回学校。每个星期天如此,从高一一直到高三毕业。前门箭楼前的黄昏,涂抹着我们十五岁到十八岁青春灿烂的背景。

高中毕业后,我去了北大荒,在七星河南岸荒原靠西头的二队,生活了整整六年。一望无际的荒原,荒草萋萋,无遮无拦,一直连到遥远的地平线。我们开垦出来的地号,都在东边,按理说,每天收工都要往西走,回队上吃晚饭。正是黄昏,一天晚霞如锦,夕阳横在眼前,在荒原上应该格外醒目。奇怪的是,我竟然一次都没有注意到黄昏的情景。也是,干了一天的活,如果赶上豆收,一人一条垄,八里地长,弯着腰一直往东割,割到头,已经累得跟孙子一样,再好看的黄昏风景也没心思看了。

六年后的早春二月,我离开北大荒,回北京当老师。中学同学秋子,赶着一辆老牛车,从二队送我到场部,准备明天一早乘车到福利屯火车站回北京。老牛破车,走得很慢,走到半路,天已黄昏,忽然回过头往西张望,想再看看生活了六年的二队。二队家家户户炊烟四起,淡淡的白烟,活了似的,精灵一般,袅袅地游弋着。西边,晚霞如火,夕阳如一盏硕大无比的橙红色大灯笼,悬挂在我头顶,然后像大幕一样在缓缓地垂落。我从来没有见过夕阳居然可以这样巨大，大得像神话中出现的一样，那是我第一次，也是唯一一次见到。

我真的有些惊讶，一句话说不出来。秋子见多不怪，头都没有回，只是默默地赶着牛车。黄昏，这样的壮观；忙碌了一天夕阳谢幕时，这样的从容，让半个天空伴随它一起辉煌无比和即将到来的夜晚交接班。

岁月如流，人生如流。无数个日出日落，构成了逝者如斯的岁月与人生。前年到美国看孩子，一眨眼似的，我的孩子都有了孩子，少年和青春，轮回在儿子和孙子的身上。每天接送小孙子上学放学，将孩子送到家门前不远的路口，等候校车。黄昏的时候，眺望远方，盼望着黄色的校车，从树木掩映的小路上，一朵橙黄色的云朵一样蜿蜒飘来。

校车出现的前方在西边，茂密的树木遮挡住天空，看不见夕阳垂落。正是晚秋时节，有几株加拿大红枫，高大参天，看不见夕阳，却看得见夕阳的光芒打在树上，让本来就红彤彤的枫叶更加鲜红，如同燃烧起一树树腾腾向上直蹿的火焰，映彻得天空一派辉煌。

如果没有蔓延全球的新冠肺炎疫情，今年这时候，我可能还会在那个路口守候孩子放学，看到夕阳燃烧加拿大红枫的情景。因为不是送别，不是分手，而是守候，有了期待，有了盼望，灿烂的黄昏，显得更加灿烂，而且，多了一份温情。

前两天，偶然又听到美国老牌民谣歌手安拉唱的一曲英文老歌《黄昏》，不由自主联想起这几个难忘的黄昏。安拉的《黄昏》，唱的是失恋，伤怀悼时，感叹余音袅袅在耳，却昨是而今非。这只是这首老民谣唱的黄昏，和我记忆中的黄昏不同，它不过让我望文生义想起了我的黄昏而已。我的黄昏，无论是告别，分手，守候，都是美好的。黄昏时分，走在寂静几近无人的街上，想起这首老民谣，也想起郁达夫写黄昏的诗：遥街灯火黄昏市，深巷帘栊玉女笙。记忆中存在的，眼前浮现的，是美好的值得期待的黄昏。

2021年10月20日于北京

落叶的生命

想找树叶做手工,已是入冬。几场冷风冷雨,树上的叶子凋零无几,大多落在地上。不过,由于雨水频繁,落在地上的叶子湿润,还散发着树枝的气息,呼应着残存在枝头上的叶子,做最后的告别,虽有几分凄婉,却也十分动人。

放学的时候,在路口等候校车,看见小孙子从车上跳下来,见到我的第一句话就是:"咱们找树叶去吧!"便先不回家,沿着落叶缤纷的小路找树叶。这时候,才会发现,秋末时分枝头上的树叶,或金黄,或红火一片,在秋风的吹拂下,是那样的灿烂炫目;落在地上的叶子却有别样的形状、色彩和风情。

形状不一样了。由于距离的变化,拿在手中,近在眼前,才发现同样都是枫树,有三角枫、五角枫和七角枫的区别。而且，不同的枫叶，像伸出不同的触角，活了一般，让那红色的叶脉弯弯曲曲像是真的有血液在流动。不同流向的叶脉，让叶子的触角有了不同的弧度，那弧度像是舞蹈演员柔软而变幻无穷的手臂，富有韵律，让人们充满想象，便也成为我们做手工最佳的选择。我和小孙子用这样红色和黄色的枫叶，做成的金孔雀和红孔雀，让我们自己都惊讶，那一片片枫叶怎么那么像孔雀开屏时漂亮的羽毛呢？好像它们就是特意落在地上，等着我们弯腰拾起，去做孔雀那五彩洒金的尾巴呢。

还有那槭树和石楠的叶子，椭圆形，粗看起来，大同小异，细看大有玄机。石楠叶小，槭树叶大，小的小巧玲珑，像童话里的小姑娘，大的像大姐姐一样温柔敦厚。石楠叶薄，薄得几乎透明，红红的颜色像是过滤了一样，淡淡的胭脂似的，可以随风起舞蹁跹。槭树叶厚，且有光亮的釉色，像穿着盔甲的武士，似乎能够听到风声、雨声；又像天鹅绒的幕布，拉开来，舞台上就可以上演有趣的戏剧。槭树叶和石楠叶最好找，几乎遍地都是，我们常常会如进山寻宝的人，总有些贪婪，弯腰拾起了这片，又抬头看见了那片，捧在手里一大捧，反复权衡，恋恋不舍，好像它们都是身边的至爱亲朋。我们用不同的槭树叶做成了不同形状的鱼，用不同的石楠叶做成了莲花，五片石楠叶错落在一起，就是一朵盛开的莲花；大小两片石楠叶合在一起，就是一朵含苞待放的娇羞的莲花；再找两片小小的黄栌，要找那种还能顽强保持着绿色的叶子，放在莲花下面，就是"莲叶田田"了。

当然,色彩也不一样了呢。别看落叶没有了在枝头连成一片的金黄和火红耀眼的阵势,但落叶不是落花顷刻辗转成泥,溃不成军。落叶区别于树上叶子的重要之处,在于树上的叶子连成一片的金黄和火红,让所有的叶子变成了一种颜色,淹没在相同的色彩之中,如同凡·高向日葵的金黄色。落叶散落在草丛中,灌木间,或泥土里,却是色彩不尽相同,彰显每一片叶子舒展的个性,甚至色彩渗进叶脉,都让我们看得须眉毕现,触目惊心,也赏心悦目。

同样是杜梨树上落下的叶子,经霜和被雨水反复打湿后,每一片叶子上的红色已经相同,那种沁入红色深处的黑色光晕,浸淫红色四周的褐色斑点,像磨出的铁锈,溅上的离人泪,似乎让每一片落叶都有了专属于自己前世故事似的,更让每一片落叶都成为一幅绝妙而无法复制的图画。由于杜梨叶比较厚实,叶子上面有一层釉色,显得很是油亮,每一片落叶都像是一幅精致的油画小品。那些随心所欲而富有才华的大色块渲染,毕加索未见得能够胜上一筹;那些飞溅而落的斑斑点点,西尔斯拿手的点彩,也未见得能够如此五彩缤纷。

杜梨叶,是我们最喜欢的,大家常常在地上仔细寻找,不放过任何一片闯入眼帘的叶子,常常会有美丽的邂逅,便常常会听见小孙子的大呼小叫:"爷爷,快看,这里有一片好看的树叶!"

找到的最好看最别致的一片杜梨叶，竟然是黑色的。那种黑，不是被污染的乌黑，也不是姑娘劣质眉笔的那种漆黑，而是油亮油亮的黑，叶子的边缘有一层浅浅的灰色，像黑色的火焰燃尽之后吐出一抹余韵；像淡出画面之外的空镜头里的远天远水，让叶子的黑色充满想象的韵味。

这片黑色的杜梨叶，一直没有舍得用。也不是真的舍不得，是不知道用在哪里恰到好处。我们用别的杜梨叶做的热带鱼或大公鸡，都让不同色彩的杜梨叶尽显各自的英雄本色，让那种不同的红色交织成一曲红色的交响。只是这片黑杜梨叶，一直夹在书本里。曾经想用它做成一只海龟，它黑亮黑亮的釉色和粗粗的叶脉，还真有几分海龟的意思。也曾经想把它一剪两半，做成两条木船，在上面用银杏叶和红枫叶做成它们各自的风帆。但是，都觉得不是最佳选择。它暂时还沉睡在我们的书本里，它的生命跃动，在我们的想象中，也在它自己的梦中。

真的，别以为落叶就是死掉的树叶，落叶离开树枝，不过是生命另一种形式的转移。龚自珍曾在诗当中写道："落红不是无情物，化作春泥更护花。"不仅是落花，落叶更是如此，更具有化为泥土中腐殖质的营养作用，来年新一轮春花的盛开，是落叶生命的一种呈现。如今，落叶生命的另一种呈现，在我和小孙子的手工中，它们存活在我们的册页里和记忆中。

年轻时应该去远方

寒假的时候，儿子从美国发来一封电子邮件，告诉我利用这个假期，他要开车从他所在的北方出发到南方去，并画出了一共要穿越十一个州的路线图。刚刚出发的第三天，他在得克萨斯州的首府奥斯汀打来电话，兴奋地对我说这里有写过《最后一片叶子》的作家欧·亨利的博物馆，而在昨天经过孟菲斯城时，他参谒了摇滚歌星猫王的故居。

我羡慕他，也支持他，年轻时就应该去远方漂泊。漂泊，会让他见识到他没有见到过的东西，让他的人生半径像水一样漫延得更宽更远。

我想起有一年初春的深夜，我独自一人在西柏林火车站等候换乘的火车，寂静的站台上只有寥落的几个候车的人，其中一个像是中国人，我走过去一问，果然是，他是来接人的。我们闲谈起来，知道了他是从天津大学毕业到这里学电子的留学生。他说了这样的一句话，虽然已经过去了十多年，我依然记忆犹新："我刚到柏林的时候，兜里只剩下了十美元。"就是怀揣着仅仅的十美元，他也敢于出来闯荡，我猜想得到他为此所付出的代价，异国他乡，举目无亲，餐风宿露，漂泊是他的命运，也成为他的性格。

我也想起我自己，比儿子还要小的年纪，驱车北上，跑到了北大荒。自然吃了不少的苦，北大荒的"大烟泡儿"一刮，就先给我了一个下马威，天寒地冻，路远心迷，仿佛已经到了天外，漂泊的心如同断线的风筝，不知会飘落在哪里。但是，它让我见识到了那么多的痛苦与残酷的同时，也让我触摸到了那么多美好的乡情与故人，而这一切不仅谱就了我当初青春的谱线，也成了我今天难忘的回忆。

没错，年轻时心不安分，不知天高地厚，想入非非，把远方想象得那样好，才敢于外出漂泊。而漂泊不是旅游，肯定是要付出代价的，品尝人生的一些滋味，也绝不是如同冬天坐在暖烘烘的星巴克里啜饮咖啡。但是，也只有年轻时才有可能去漂泊。漂泊，需要勇气，也需要年轻的身体和想象力，便能收获只有在年轻时才能够拥有的收获，和以后你年老时的回忆。人的一生，如果真的有什么事情叫作无愧无悔的话，在我看来，就是你的童年有游戏的欢乐，你的青春有漂泊的经历，你的老年有难忘的回忆。

一辈子总是待在舒适的温室里，再是宝鼎香浮、锦衣玉食，也会弱不禁风，消化不良的；一辈子总是离不开家的一步之遥，再是严父慈母，也会目光短浅、膝软面薄的。青春时节，更不应该将自己的心锚一样过早地沉入窄小而琐碎的泥沼里，沉船一样跌倒在温柔之乡，在网络的虚拟中和在甜蜜蜜的小巢中，酿造自己龙须面一样细腻而细长的日子，消耗着自己的生命，让自己未老先衰变成了一只蜗牛，只能够在雨后的瞬间从沉重的躯壳里探出头来，望一眼灰蒙蒙的天空，便以为天空只是那样地大，那样地脏兮兮。

青春，就应该像是春天里的蒲公英，即使力气单薄、个头又小，还没有能力长出飞天的翅膀，借着风力也要吹向远方；哪怕是飘落在你所不知道的地方，也要去闯一闯未开垦的处女地。这样，你才会知道世界不再只是一间好看的玻璃房，你才会看见眼前不再只是一堵堵心的墙。你也才能够品味出，日子不再只是白日里没完没了的堵车、夜晚时没完没了的电视剧和家里不断升级的鸡吵鹅叫、单位里波澜不惊的明争暗斗。

意大利人尽皆知的探险家马可·波罗，十七岁就随其父亲和叔叔远行到小亚细亚，二十一岁独自一人漂泊整个中国。英国著名的航海家库克船长，二十一岁在北海的航程中第一次实现了他野心勃勃的漂泊梦。奥地利的音乐家舒伯特，二十岁那年离开家乡，开始了他维也纳的贫寒的艺术漂泊。我国的徐霞客，二十二岁开始了他历尽艰险的漂泊，行万里路，读万卷书……当然，我还可以举出如今被称为"北漂一族"——那些生活在北京农村简陋住所的人，也都是在年轻的时候开始了他们的最初的漂泊。年轻，就是漂泊的资本，是漂泊的通行证，是漂泊的护身符。而漂泊，则是年轻的梦的张扬，是年轻的心的开放，是年轻的处女作的书写。那么，哪怕那漂泊是如同舒伯特的《冬之旅》一样，茫茫一片，天地悠悠，前无来路，后无归途，铺就着未曾料到的艰辛与磨难，也是值得去尝试一下的。

我想起泰戈尔在《新月集》里写过的诗句："只要他肯把他的船借给我，我就给它安装一百只桨，扬起五个或六个或七个布帆来。我决不把它驾驶到愚蠢的市场上去……我将带我的朋友阿细和我做伴。我们要快快乐乐地航行于仙人世界里的七个大海和十三条河道。我将在绝早的晨光里张帆航行。中午，你正在池塘洗澡的时候，我们将在一个陌生的国王的国土上了。"那么，就把自己放逐一次吧，就借来别人的船张帆出发吧，就别到愚蠢的市场去，而先去漂泊远航吧。只有年轻时去远方漂泊，才会拥有这样充满泰戈尔童话般的经历和收益，那不仅是他书写在心灵中的诗句，也是你镌刻在生命里的年轮。

平安报与故人知

家对门一楼的小院里,种着两株杏树,今年开花比往年早一个多星期,根本不管新冠肺炎疫情肆虐全球,烂烂漫漫,满枝满桠,开得没心没肺。这家主人,每年春节前都会挈妇将雏回老家过年,破五后回来。今年破五了,元宵节过了,春分都过了,清明也过了,他们还没能赶回家,不知是在哪里受阻或因新冠肺炎疫情被隔离。屋子里始终是暗的,晚上没见到灯亮,月色中显得有些凄清。小院里,任凭杏花开了,落了,一地缤纷如雪,又被风吹走,吹得干干净净。小院一直寂寞着,等候主人的归来。

在这样的非常时期,没有什么比平安归来更令人期待。毕竟是家,平安归家,是世上所有人心底最大的期盼。

闭门宅家,一天天地看着对门的杏花从盛开到凋零,到绿叶满枝,心里期待着这家人一切安好。其实,也是对所有人的期待。我的孩子在遥远的国外,很多朋友在外地,甚至有人就在最让人牵心揪肺的武汉、襄阳、宜昌等地,可谓新冠肺炎疫情的前线。怎么能不充满期待与祈愿呢?

无事可做,翻书乱读,消磨时日,忽然发现我国古诗词中,写到平安的诗句非常多。这或许是因为心有所想才会句有所读吧。不过,确实俯拾皆是,可见平安是从古至今人们心心相通的期待与祈愿。如果做大数据的统计,猜想"平安"会是在诗词中出现非常多的词,可以和"山河""明月""风雨""鱼雁""香草""美人"这些表达中国独有意象的词汇相匹敌。

"种竹今逾万个,风枝静,日报平安。"这是宋代一个叫葛立方的词人写的一阕并不知名的小令,但竹报平安是我国尽人皆知的象征。这句词,写的是平常日子里的景象,其中一个"静"字,道出这样平和居家日子的闲适。如果在平常的日子里读,我会随手就翻过去,不会仔细看,觉得写得太水,大白话,没什么味道。如今读来,却让我向往,更让我感叹。日日足不出户宅在家中,没有任何人往来,屋里屋外,同样也是一个"静"字,心里却暴风骤雨。电视屏幕中世界各地出现的确诊人数惊心动魄地频频增加,会让这个"静"字倾翻,而让"平安"二字格外升高,让人多么期盼。

"身投河朔饮君酒,家在茂陵平安否?"这是唐代王维的望乡之诗，远在他乡，喝着别人的酒，惦记着家人的平安，酒中该是何等的滋味。

"自别萧郎锦帐寒，凤楼日日望平安。"这是宋代陈允平的怀远之诗，写闺中情思。"从今日望平安书，我欲灯前手亲拆。"这是放翁的诗，一样的怀人念远，对朋友的牵挂，对平安书信的渴望。他们都强调了对平安日日的渴望与期盼。如果仅仅是和平时期日日时光的阻隔，便只是日常的情谊缠绵，甚至是儿女情长；如果是灾难的阻隔，那么平安的分量便会沉重无比。"书尺里，但平安二字，多少深长。"同样是平安书信，同样是宋代的词人，刘克庄的这句词，多少道出了这样的分量。

我所能读到的关于平安的古典诗词中，最让我感动并难忘的，是岑参的"马上相逢无纸笔，凭君传语报平安"。这是小时候就读过的诗句，那种在战争或离乱之中偶遇故人，无纸无笔，急迫匆忙之中让人传个话给家人报个平安的情景，什么时候想起，都让人心动。比起同属于唐代诗人的张籍的诗句"巡边使客行应早，欲问平安无使来"，要好；比起元代顾德润的"归去难，修一缄回两字报平安"，要好不知多少。

张、顾、岑三位，同样是归去难，一个只是守株待兔般空等使者的到来，好传递平安家书；一个是已经写好哪怕只有两个字的平安书信；一个是偶然与归家的故人相逢，请求转达平安的口信。一个是让平安如同栖息枝头的鸟；一个则是让鸟迫不及待地放飞家中；一个是根本没有鸟，只是心意凭空传递，如同风看不见，却让风吹拂在你的脸庞和心间。平安，让相隔的关山万重显得多么沉重。岑参的好，是因为哪怕只得到平安的口信，也可以抚慰我们的内心，它会比接到真正的平安书信更让我们感动，并充满想象。平安，在虚实之间，在距离之间，变得那样绵长，是我们心底的一种期盼和祈愿。

同在望乡或怀远之中渴望平安消息一样，有关得到平安消息和终于平安归家的诗词，也有很多。"平安消息好，看到岭头梅"，这是文天祥的诗句；"旧赏园林，喜无风雨，春鸟报平安"，这是周邦彦的词；"难忘使君后日，便一花一草报平安"，这是辛弃疾的词。无论是得到平安消息，还是平安归来，他们都是将平安与"梅""春鸟""一花一草"那些美好的意象联系在一起。在这个动荡的世界上，平安，是最美好的一种意象，一种无价的向往。因为平安是和无价的生命紧密联系在一起的，任何财富与权势，都无法与之相比。"不惜千金买宝刀，貂裘换酒也堪豪"，也抵不上"一花一草报平安"。

关于平安的近代诗词中，我最喜爱的是鲁迅先生和陈寅恪先生的两首绝句。

"我亦无诗送归棹，但从心底祝平安。"这是鲁迅先生1932年送给归国的日本友人的诗句。这一年，日本侵略者将战火烧到上海，战争烽火中，人身的安危同那随海浪颠簸动荡的归棹一样，令人担忧，这使得心中的祈愿是那样的一言难尽，意味深长。

"多少柔条摇落后，平安报与故人知。"这是陈寅恪1957年写给妻子的诗句。这一年，陈寅恪在广州中山大学教书，校园里，印度象鼻竹结实大如梨，妻子为竹作画，此为陈题画诗中的一联。这一年，刚经历反右斗争，其平安一联是写给妻子也是告与朋友的。其中"柔条"和粗壮的象鼻竹毫不相称的对比，让我们看到劫后余生的平安，是多么的难能可贵，而让人们格外喟叹与珍重。陈寅恪为妻子写了两首题画诗，另一首尾联写道："留得春风应有意，莫教绿鬓负年时。"说的正是这珍重之意。可以说，珍重，是平安之后的延长线。平安，便有了失而复得之意，也有了得而再失的警醒。

人生沉浮，世事跌宕，无论在什么样的时代背景与生活境遇下，无论在什么样的动荡与变化中，哪怕我们早已经从农耕时代飞跃进电子时代，从古到今，平安都是为世界所共情共生的一种期盼与祈愿，万古不变。特别是在如今新冠肺炎疫情全球蔓延之际，这种对平安的期盼与祈愿，更是让人把心紧紧攥在胸口。无论富贵贫贱，无论哪个种族、国家，无论是梵蒂冈的教皇还是不列颠的女王，无论是奔波在前线的战士还是居家的普通百姓，没有什么是比平安更重要的。"但从心底祝平安"，是我们的期盼；"平安报与故人知"，是我们的祈愿。

我一直隐隐悬着的心一下子放下来了——前两天的晚上，家对门一楼的房间里亮起了灯，橘黄色的灯光，明亮地洒满他们家的阳台。主人终于平安地回家了。尽管错过了今年小院里杏花如雪盛开，但那两株杏树，已经绿荫如盖，也算是替他们守在家中，"一花一草报平安"了。

2020年4月19日谷雨于北京

记不住的日子

作家愿意语出惊人。马尔克斯说:记得住的日子才是生活。这话说得有些苛刻,也有些绝对。起码,我是不大信服的。

记得住的日子才是生活,那么,记不住的日子就不是生活了吗?不是生活,又是什么呢?显然,马尔克斯所说记得住的日子,是指那些不仅有意思甚至是有意义的日子,可以回味,乃至省思,甚至启人。他将生活升华,而和日子对立起来,让日子分出等级。

细想一下,如我这样庸常人的一辈子,所过的日子就是庸常的,不可能全都记不住,也不可能全都记住。而且,记得住的,总会是少于记不住的。就像这一辈子吃喝进肚子里的东西很多,如果按照以前我的每月粮食定量是三十二斤,一辈子加在一起，不算水和菜，就得有上千乃至上万斤，但真正变成营养长成我们身上的肉，不过百十来斤。如果所过的日子都能记得住，那么，会像吃喝进的东西都排泄不出去，人也就无法活下去了。

马尔克斯将记得住的日子当成一杯可以品味的咖啡或葡萄酒。普通人乃至比普通人更弱的贫寒人的日子，只能是一杯白水。

人的记忆就像筛子，总要筛下一些。筛下的，有一些，确实是鸡零狗碎，一地鸡毛，但其中一些不见得比记住的更没有意义，没有价值，只是不愿意再像磐石一样压迫在心里，而有意识或无意识地让它们尘逐马去，烟随风散。人需要自我消化，让心理平衡，才能让日子过得平衡。这或许就是阿Q精神吧？有些鸵鸟人生的意思，不会或不敢正视，只会将自己的头埋在土里。不过，如果要想让有些事记住，必须让有些事不记住，这是记忆的能量守恒定律，是生活的严酷哲学。用老百姓的话说，就是拿得起，放得下。所谓拿，就是记得住；放，则是那些没必要记住的事情吧。

在北大荒的时候，我见过一位守林老人。我们农场边上，靠近七星河南岸，有一片原始次生林。老人在那里守林守了一辈子。他住在林子里的一座木刻楞房中，我们冬天去七星河修水利的路上，必要路过那座木刻楞，常会进去，烤烤火，喝口热水，吃吃他的冻酸梨，逗逗他养的一只老猫，和他说会儿闲话。他话不多，大多时候，只是听我们说。附近的村子叫底窑，清朝时是烧窑制砖的老村，那里的人们都知道老人的经历，从前清到日本鬼子入侵，前后几个朝代，是受了不少苦的，一辈子孤苦伶仃一个人，守着一只老猫和一片老林子过活。

我一直对老人很好奇，但是，你问他什么，他都是笑笑摇摇头。后来，我调到宣传队写节目，有一段时间，专门住在底窑，每天和老人泡在一起，心想总能问出点儿什么，好写出个新颖些的忆苦思甜之类的节目。可是，他依然什么也没有对我说。不说，不等于没记住，只是不愿意说罢了。我这样揣测。和老人告别，是个春雪消融的黄昏，他对我说：不是不愿意对你唠，真的是记不住了。我不大相信。他望着我疑惑的眼神，又说：孩子，不是啥事都记住就好，要是都记住了，我能活到现在？这是他对我说得最多的一次话。

守林老人的话，说实在的，当时我并没有完全听懂。五十多年过后，看到马尔克斯的这句话，忽然想起了守林老人，觉得记忆这玩意儿，对于作家来说，是一笔财富，记得住的东西，都可以化为妙笔生花的文字。对于历尽沧桑苦难的普通人来说，记得住的东西越多，恐怕真的难以熬过那漫长而跌宕的人生。我读中学的时代，经常引用列宁的一句话叫作"忘记过去，就意味着背叛"。其实，对于普通人而言，过去要是真的都记住了，过去的暗影会压迫今天的日子，会如梦魇般缠绕身边不止，也是可怕的。

前些日子，读到英国诗人萨拉·蒂斯代尔的一首题为《忘掉它》的短诗，其中有这样几句："忘掉它，永远永远。/时间是良友，它会使我们变成老年。/如果有人问起，就说已经忘记，/在很早，很早的往昔/像花，像火像静静的足音，在早被遗忘的雪里。"觉得诗写的就是这位守林老人。

生活和日子，对于普通人，是一个意思。记得住的日子，是生活；记不住的日子，也是生活。实在是没有必要给生活镀上一层金边，让日子化蛹成蝶，翩翩起飞。

2021年3月1日写毕于北京雨雪之后

在喧嚣的世界里,
坚持以匠人心态认认真真打磨每一本书,
坚持为读者提供
有用、有趣、有品位、有价值的阅读。
愿我们在阅读中相知相遇,在阅读中成长蜕变!

好读,只为优质阅读。

荔枝依旧年年红

策划出品:好读文化　　　　装帧设计:末末美书
监　　制:姚常伟　　　　　内文制作:尚春苓
产品经理:牛　雪　　　　　责任编辑:管　文

图书在版编目（CIP）数据

荔枝依旧年年红 / 肖复兴著. —北京：北京联合出版公司，2023.4（2024.12重印）
ISBN 978-7-5596-6579-9

Ⅰ.①荔… Ⅱ.①肖… Ⅲ.①散文集－中国－当代 Ⅳ.①I267

中国国家版本馆CIP数据核字（2023）第011486号

荔枝依旧年年红

作　　者：肖复兴
出 品 人：赵红仕
责任编辑：管　文
封面设计：末末美书

北京联合出版公司出版
（北京市西城区德外大街83号楼9层　100088）
北京联合天畅文化传播公司发行
北京美图印务有限公司印刷　新华书店经销
字数171千字　840毫米×1194毫米　1/32　9印张
2023年4月第1版　2024年12月第6次印刷
ISBN 978-7-5596-6579-9
定价：49.80元

版权所有，侵权必究
未经书面许可，不得以任何方式转载、复制、翻印本书部分或全部内容。
本书若有质量问题，请与本公司图书销售中心联系调换。
电话：010-65868687　010-64258472-800